ALLONS

FAIRE FORTUNE A PARIS !

Gasparin (Mme Agénor de)

PUBLIÉ PAR LA SOCIÉTÉ DES LIVRES RELIGIEUX
DE TOULOUSE.

Toulouse , Imp. de A. CHAUVIN, rue Mirepoix, 3.

ALLONS

FAIRE FORTUNE

A PARIS!

PAR L'AUTEUR

DU MARIAGE AU POINT DE VUE CHRÉTIEN.

> Or, ceux qui veulent devenir riches
> tombent dans la tentation et dans le
> piége, et en plusieurs désirs fous et
> nuisibles, qui plongent les hommes
> dans le malheur et dans la perdition.
>
> (1 TIM., VI, 9.)

—

TOULOUSE,
SOCIÉTÉ DES LIVRES RELIGIEUX,
Dépôt : rue du Lycée, 14.

—

1856.

Ceci n'est point une préface, c'est un mot que l'auteur tient à dire avant de commencer. A part le nom des personnes qui figurent dans ce récit, à part quelques détails qui ne changent en rien le fond même de l'histoire, tout *ce qu'on va lire est vrai ; tout ce qu'on va lire, l'auteur l'a vu.*

Bien qu'il n'habite pas Paris depuis très-longtemps, il aurait cinq ou six épisodes aussi lamentables, plus lamentables encore à raconter. Plus lamentables, car, tandis que, dans le cas dont il s'agit ici, Dieu poussa des personnes chrétiennes à

secourir les infortunés dont on va connaître les rêves et les déceptions, presque habituellement les malheureux que
l'ambition amène à Paris, que l'amour-
propre y retient, que les privations y
tuent, ces malheureux meurent sans
consolation au monde, sans espérance
pour la vie à venir.

On retrouverait dans ces tristes histoires toujours le même orgueil, toujours les
mêmes illusions, toujours les mêmes al-
ternatives de bien-être et de dénûment,
toujours la même frivole imprévoyance,
toujours les mêmes douleurs.

L'auteur voudrait pouvoir faire procla-
mer par la voix éclatante d'un archange,
ces lugubres vérités auxquelles on n'ajoute
aucune foi, tant qu'elles ne se prouvent
pas elles-mêmes aux incrédules par la
souffrance et par la mort. En écrivant ce
qu'il a vu, il a fait ce qu'il a pu; il ne
lui reste plus qu'à prier le Seigneur de
bénir ces lignes; si elles retiennent dans
la vie honnête et laborieuse des champs

quelques-uns des infortunés qui vien--
nent chaque année souffrir et mourir à
Paris, il en remerciera Dieu comme d'un
immense bienfait.

ALLONS

FAIRE FORTUNE

A PARIS!

CHAPITRE PREMIER.

ILLUSIONS, DÉPART.

— On végète ici... on ne vit pas ! s'écria
un soir Léon Firmin en quittant brusquement
le coin de la cheminée où, à demi renversé
sur sa chaise, il avait passé près d'une heure
sans mot dire.

Sa belle-mère et son beau-frère ne purent
retenir une exclamation de surprise. Quant
à sa femme, qui travaillait près de la table,
elle se contenta de hausser les épaules et de

lui faire un petit signe qui voulait dire :
Tais-toi, ils ne te comprendront pas.

— Oui, répéta Léon d'une voix plus forte,
on végète ici, on ne vit pas !

Puis il fit deux fois le tour de la chambre
à grands pas, et s'arrêtant devant le secrétaire où son beau-frère Charles Mandar addi-
tionnait le produit de ses ventes de la journée :

— Est-ce vivre, reprit-il en s'échauffant
par degrés, est-ce vivre, que de peser du
matin au soir du café et des chandelles dans
un misérable petit bourg, comme vous le
faites ici, Charles ? Est-ce vivre, que de
marcher derrière une charrue depuis l'aurore
jusqu'au soir, comme le fait notre cousin
Pierre ? Est-ce vivre, que de coudre à la
journée chez des paysans ou chez de pauvres
bourgeois, comme le fait ma femme ? Est-ce
vivre que de s'adonner aux soins les plus
grossiers du ménage, ainsi que le fait ma
mère ? Est-ce vivre, que de travailler comme
un nègre dans le bureau du percepteur qui
vous paie comme un ladre qu'il est, puis

de donner quelques leçons à 15 sous, ainsi
que je le fais, moi?

Charles posa sa plume, Mme Mandar ses
lunettes ; le premier regarda Léon avec un
sourire d'amicale moquerie, la seconde avec
stupéfaction.

— Vous me croyez fou, poursuivit Léon
avec vivacité, vous me croyez fou, parce que
ce soir, pour la première fois, je me plains
à haute voix de ce qui me désole depuis que
je me connais !...

— Vous ne me sembliez pas si malheureux, mon frère, interrompit Charles. Je
vous l'avoue, quand je vous voyais rentrer le
soir, apportant 30 à 40 sous dans votre
poche, un bon appétit, une gaîté qui nous
réjouissait tous, je ne me doutais pas qu'un
chagrin profond vous dévorât le cœur..... Il
faut le dire pourtant, un mois après le départ
de Bertaud pour Paris, votre humeur a
changé, votre physionomie a pris quelque
chose de triste, vous avez paru mécontent.
Je ne savais à quoi attribuer ce changement
d'humeur, et comme_vous êtes le meilleur

garçon du monde..... sauf un petit grain d'amour-propre et d'entêtement, je me suis dit : Bah! ça passera; ne lui laissons pas deviner que nous nous en apercevons, cela l'ennuierait; et je me suis tû. Pas vrai, bonne mère, je l'ai dit?

— C'est vrai, répondit sérieusement Mme Mandar.

— Eh bien, ma mère, s'écria Léon en se tournant vers elle, je suis fâché que Charles se soit tû; s'il avait parlé, je lui aurais fait part de mes projets, et maintenant vous ne seriez ni l'un ni l'autre scandalisés...

— Mon gendre, interrompit Mme Mandar qui commençait à comprendre que quelque chose de grave et de fâcheux se préparait, mon gendre, expliquez-vous, je suis prête à vous entendre, et j'espère que Dieu nous accordera à tous de nous exprimer avec douceur.

— Sans doute, ma mère, sans doute, reprit Léon d'une voix un peu altérée.

— Laisse-moi tout raconter à ma mère !

s'écria Marie, qui tremblait de voir Léon se livrer à sa vivacité naturelle.

Elle quitta son ouvrage, vint s'asseoir vers Mme Mandar, prit une de ses mains, et, un peu tremblante :

— Vous savez, commença-t-elle, vous savez qu'il y a dix-huit mois, Bertaud, se lassant de ne pas trouver d'ouvrage...

— Il en trouvait, interrompit Charles, mais mon gaillard faisait le difficile ; monsieur ne voulait ni apprendre un métier, ni travailler à la terre, ni servir comme domestique, ni, que sais-je moi?...

— Enfin, ma mère, reprit plus vivement Marie, Bertaud se sentait des facultés qui restaient ici sans emploi. Sauveterre, vous en conviendrez, n'offre pas de grandes ressources à un homme intelligent, spirituel, comme Bertaud. Il partit donc, et, un mois après son arrivée à Paris, il nous écrivit une lettre... Va donc la chercher, Léon.

— Eh ! qu'en est-il besoin, ma fille, dit avec un soupir Mme Mandar. Ne les sais-je pas par cœur, ces lettres qu'on écrit au moment du débotté? N'en ai-je pas lu, et par douzaines? Toutes promettaient monts et merveilles; puis, cinq ou six ans après, on voyait revenir en guenilles les gens qui les avaient écrites... quand ils revenaient.

Léon remit la lettre à sa femme.

— Ecoutez-la donc, maman, celle-ci n'est pas comme les autres, reprit Marie : « Mon cher Léon, me voici dans la capitale du monde civilisé ! Si tu savais quelle émotion l'on éprouve à se sentir au centre des arts, des plaisirs et du mouvement; dans ce foyer de toutes les lumières!!! Je ne suis arrivé que depuis un mois, et déjà je me vois en possession d'un superbe emploi : *secrétaire intime d'un prince russe!* Demain j'entre en fonctions. J'ai des amis sans nombre, tout le monde est serviable ici. On m'a apprécié du premier coup. Chacun a compris que je n'étais pas fait pour remplir une place subalterne dans la société. Par exemple, il n'y a pas grand'chose au fond de ma bourse; la vie est chère, il est nécessaire de se présenter convenablement, et puis il a

bien fallu reconnaître par quelques petits
cadeaux les bons offices des personnes qui
s'intéressent à moi... Mais la fortune me sourit. Les douze heures de la journée, qui
t'amènent une misérable pièce de 2 fr.,
m'apportent à moi 25 fr., en outre un logement magnifique, des serviteurs, une table
exquise, etc., etc... je ne veux pas te faire
venir l'eau à la bouche.

» Léon, comment se fait-il qu'avec tes
heureuses dispositions, tes connaissances en
histoire, en littérature, en calcul; qu'avec
ta superbe écriture et ta pratique des affaires, tu te soumettes à *végéter* toute une
mortelle vie dans un trou? — Tu ne serais
pas depuis quinze jours ici, que tu trouve-
rais une position plus avantageuse que la
mienne; car, il faut te rendre justice, tu es
plus sage que moi, tu as plus d'acquis. Mais
ne dusses-tu pas la rencontrer, cette position, resteraient des leçons que tu donnerais
à 5 fr. le cachet; et puis tu aurais bien du
malheur si tu n'obtenais, au bout de deux
ou trois semaines, quelque place de 1,000 fr.,

dans les bureaux d'une administration. C'est moins que tu ne le mérites, je le sais, mais ça vaut mieux que 2 fr. ! — Ta femme, bonne ouvrière, entrerait tout droit chez *Palmyre* (la couturière à la mode); après un an au plus, elle s'établirait chez elle et gagnerait aisément 1,000 à 2,000 fr. net. — Ceci est de la raison, du calcul ; mais si je te parlais des charmes de Paris... des spectacles, de l'élégance, de la gaîté!... — Je me tais sur tout cela ; je ne m'adresse qu'à ton bon sens ; interroge-le, et ne te courbe pas plus longtemps sous le joug de la médiocrité ! »

— Grand Dieu ! s'écria Mme Mandar en levant les mains vers le ciel et en les joignant fortement, grand Dieu ! oui, fais qu'il interroge son bon sens, ne permets pas qu'il écoute cette voix perfide !

Puis, cédant à son émotion, frémissant à la vue du péril où étaient sa fille et son gendre, elle cacha sa tête dans son mouchoir et pleura en priant silencieusement.

Marie se jeta dans les bras de sa mère,

tandis que Léon se promenait avec une impatience mal déguisée.

Quand la tranquillité fut un peu revenue :

— Cette lettre a dix-huit mois de date,
reprit Charles avec beaucoup de calme ; je
suis étonné que Bertaud n'ait dès-lors écrit
à personne.

— C'est singulier... murmura Marie après
un instant de réflexion.

— Ce n'est pas singulier du tout ! s'écria
Léon. Bertaud est sûrement parti pour la
Russie avec le prince ; voilà la cause de son
silence.

— Cela n'est pas si sûr, reprit Charles
toujours avec sérieux et douceur ; mais ce
qui m'étonne bien davantage, c'est que Bertaud ne parle ni des Michaud, ni de Fanny
Delbène, ni de Paul Lemierre, ni de tant
d'autres qui sont partis pour Paris depuis
plusieurs années, et dont personne (à part
deux ou trois lettres envoyées durant les premiers mois de leur séjour), dont personne
ne sait plus rien ici.

— C'est, répondit Marie, bonne petite

femme désireuse avant tout de plaire à son mari qui l'aimait tendrement, c'est peut-être qu'étant devenus riches, ils sont devenus fiers aussi ; ils rougiraient d'avoir à se souvenir de leurs pauvres voisins l'épicier et la couturière.

— Je n'en crois rien, répliqua Charles ; mais cela fût-il, voilà un beau résultat !... Périsse l'argent et les hautes positions, ajouta-t-il d'un ton grave, s'ils doivent me faire mépriser mes semblables !

— Mes enfants, mes enfants, dit Mme Mandar fortifiée par sa prière secrète, une grande tentation vous assiége ; Dieu vous donnera d'en triompher, je l'espère. Léon, vous vous êtes laissé entraîner bien loin par votre imagination ; mais, avec le secours du Seigneur, vous pouvez revenir sur vos pas. Marie, tu as été bien faible, mais le Seigneur peut t'affermir. Priez, mes enfants, priez ; demandez au Saint-Esprit de vous diriger, il le fera.

— Ma bonne mère, reprit Léon d'un ton plus doux, je suis tout disposé à prier...

Pourtant il y a des circonstances où la raison doit nous guider, elle nous a été donnée pour cela ; on peut, sans exiger que Dieu se mêle toujours de nos affaires, les conduire soi-même quelquefois...

— Que signifient donc ces paroles de l'Evangile : *Demandez et l'on vous donnera, heurtez et l'on vous ouvrira, cherchez et vous trouverez...* et celles-là : *Priez sans cesse,* et celles-là encore : *Tous les cheveux de votre tête sont comptés...* et tant d'autres qui nous montrent la volonté et l'amour de Dieu, s'exerçant dans les plus petits détails de notre vie ?

— Elles sont pour nous un encouragement, mais...

— Elles sont un ordre, dit sérieusement Mme Mandar.

— Vous avez raison, ma mère, interrompit Charles qui, bien que pieux par instinct, ne possédait point encore une foi vivante. Vous avez raison, mais ce n'est pas précisément de cela qu'il s'agit. Comme vous, je conseille à Marie et à Léon de prier Dieu,

d'implorer de lui une direction précise ; moi-
même je suis prêt à me joindre dès ce soir
à eux pour cela ; cependant, avant tout, je
désire qu'ils ouvrent les yeux, qu'ils raison-
nent, et qu'ils comprennent la folie d'un établissement à Paris.

Puis, se tournant vers Léon qui, les bras
croisés, semblait écouter impatiemment son
beau-frère.

— Vous m'avez parlé des succès de Bertaud, continua-t-il ; je les admets, quoique
je n'y croie guère. J'admets encore que Lemierre, que Fanny, que les Michaud aient
fait fortune !... Mais ne reste-t-il pas Adolphe Lémon, qui revint, l'an dernier, mourir ici du mal de poitrine que lui avaient
donné la faim et le froid ? N'y a-t-il pas
Rosman, qui, contraint par la misère de
mendier et pris sur le fait, a été jeté en pri-
son, y a trouvé de mauvais coquins qui
l'ont débauché, en est sorti pour voler, y
est rentré pour ressortir et voler encore ;
puis, de vol en condamnation, est arrivé au
bagne, d'où il n'échappera que pour tuer,

j'imagine? N'y a-t-il pas les époux Briguel?
ceux-là mangèrent leur pain blanc le premier, ils s'établirent à Paris avec un luxe
dont chacun était émerveillé ; après trois
ans de souffrances et d'humiliations, cependant, il fallut revenir ici, tomber à la
charge des honnêtes gens, quêter de Pierre
un vêtement, recevoir de Jean une aumône,
et recommencer à travailler pour mettre un
sou à côté d'un autre sou.

— Mon frère, interrompit sèchement
Léon, on trouve à Paris selon ce qu'on y
porte... Ce que je puis vous dire, c'est que
vous n'aurez ni à rougir de moi, ni à me
faire l'aumône !

— Mon Dieu ! s'écria Marie avec un geste
suppliant, calme-toi, Léon, ce n'est pas
pour te chagriner que mon frère dit cela,
seulement il ne comprend pas qu'on ne
tombe que par sa faute. Adolphe Lémon est
revenu malade, mais qui s'en étonne? ne
sait-on pas qu'il a dissipé son argent et
ruiné sa santé par des folies ! Je ne suis
point surprise non plus que Rosman ait

fait une triste fin, c'était un étourdi et un
paresseux. Quant aux Briguel, pourquoi
ont-ils donné dans le luxe, pourquoi n'ont-
ils pas commencé par travailler?... Allez,
mon frère, il n'y a qu'à éviter les piéges,
qu'à se tenir ferme, et tout va bien, et l'on
revient riche, honoré, chez sa bonne petite
mère!

En finissant, Marie jeta ses bras autour
du cou de Mme Mandar; mais celle-ci ne
sourit pas, elle regarda tristement sa fille et
lui dit :

— Tu as raison, mon enfant, il n'y a
qu'à être parfait! Cependant tu oublies les
épreuves que Dieu nous envoie.

— Oh! celles-là, Dieu y pourvoit lui-
même!

— Sans doute, Marie, mais non comme
tu te l'imagines.

Et Mme Mandar soupira. Elle croyait sa
fille plus sensée, plus pieuse; il lui semblait que tant de soins auraient dû produire
un autre résultat; les découvertes de cette
soirée l'accablaient.

— Eh bien! reprit en riant Charles qui n'aimait pas la tristesse, eh bien! Léon, à quand le départ?

— Je ne sais trop, répliqua celui-ci moitié plaisamment, moitié sérieusement; dans deux mois peut-être... à l'entrée de l'hiver.

Un grand silence suivit ces paroles. Charles était stupéfait; il ne pensait pas que les choses fussent aussi avancées. Mme Mandar voyait les craintes qui l'assiégeaient depuis une heure se réaliser tout d'un coup, et, n'ayant pas la force de continuer ou de recommencer de tels débats :

— Faisons notre culte du soir, dit-elle d'une voix altérée.

On s'assit, elle ouvrit la vieille Bible, lut avec gravité la parabole de l'enfant prodigue, et, dans une prière où respirait cette tendresse mêlée de fermeté que le christianisme seul produit en nous, elle répandit son cœur devant Dieu.

Léon se raidit; la leçon était peut-être trop directe; et puis l'ambition, l'égoïsme forment d'impénétrables cuirasses au travers

desquelles aucun trait ne pénètre dans le
cœur. Marie pleura, mais Marie avait plutôt
des tendances religieuses que des sentiments
pieux; Marie était faible, Marie était séduite
par la perspective d'un voyage à Paris; ses
larmes la soulagèrent, parce qu'elles lui
semblèrent une expiation du chagrin qu'elle
causait à sa mère, et elle ne prit aucune
bonne résolution, elle n'adressa même aucune prière précise au Seigneur.

On se retira; le lendemain, les jours
suivants, s'écoulèrent dans une paix appa-
rente, jusqu'au moment où Léon, fatigué du
silence qui régnait sur un projet dont toutes
ses pensées étaient occupées, provoqua de
lui-même de nouvelles discussions; alors,
pendant deux mois environ, ce fut tous les
soirs des scènes pareilles à celles que nous
venons de raconter. Mme Mandar s'adressa
plusieurs fois à Marie en particulier, elle fit
appel à son respect filial, à sa piété, à son
bon sens; Marie en pleura plus souvent,
plus souvent aussi fut grondée par Léon
qui, tout en la chérissant, se croyait très-

supérieur à elle, et rien ne changea. Un ami de la famille, un homme du christianisme le plus vrai, M. Dubois, eut de sérieuses conversations avec Léon : il chercha, par tous les moyens possibles, à le dissuader de son fatal projet; mais, voyant que Léon s'entêtait de plus en plus, que son caractère s'aigrissait, qu'il négligeait ses travaux, que le percepteur déjà l'avait congédié, tandis que plusieurs de ses élèves se préparaient à le quitter, sentant d'ailleurs qu'à l'âge de Firmin (32 ans) on est, jusqu'à un certain point, son maître et qu'on assume en même temps la responsabilité de ses actes, M. Dubois avertit la mère Mandar qu'il cesserait ses démarches auprès de Léon, parce que, dit-il, une opposition trop opiniâtre lui ferait plus de mal que de bien, et que Dieu réservait peut-être à ce jeune ménage quelques expériences douloureuses mais salutaires.

Une dernière fois, on mit consciencieusement sous les yeux de M. et de Mme Firmin les dangers de l'entreprise; une dernière fois,

1.

Léon répondit à toutes les raisons par des déraisons, et d'une voix profondément triste mais résignée :

— Mes enfants, dit Mme Mandar, je ne vous approuve pas; je condamne du fond de mon cœur votre résolution, mais vous êtes libres, usez de votre liberté et que Dieu ait pitié de vous.

Ni Léon ni Marie ne s'arrêtèrent à ce qu'il y avait de déchirant dans ces mots : on n'entendit que celui de *liberté.* Bien qu'on en usât, de cette liberté, en faisant de secrets préparatifs de départ depuis le soir où éclata pour la première fois l'idée d'un établissement à Paris, on éprouvait encore quelque répugnance à s'en emparer comme de vive force; maintenant qu'elle était accordée, on s'en saisit avec transport.

Léon, sans vouloir s'apercevoir du chagrin de sa belle-mère ou de l'air soucieux de Charles, Léon s'occupa ostensiblement et joyeusement à mettre ses affaires en règle. Contrairement aux avis de son beau-frère, il réalisa le petit héritage de sa femme pour l'emporter. On fit des provisions de linge ; les ustensiles de ménage et les meubles, on devait s'en fournir à Paris. La pauvre mère, toute mécontente qu'elle était, se dépouilla pour grossir le trésor de sa fille. Marie tantôt riait, tantôt pleurait, puis contemplait avec orgueil les piles de draps, de nappes et de serviettes rangées dans la caisse, le gros sac d'argent caché au fond du secrétaire de son mari. Elle se voyait déjà couturière établie, avec de nombreuses ouvrières sous ses ordres, elle habillait de grandes dames ; elle-même était vêtue comme une dame ; il le fallait bien pour se présenter dans ces hôtels splendides ; qui sait ? peut-être aurait-elle besoin plus tard, le nombre de ses clientes augmentant et leur rang s'élevant, d'un équipage, d'un très-modeste équipage... D'abord elle irait en omnibus, puis elle prendrait des fiacres, puis il lui faudrait une voiture de remise, et puis des domestiques, et puis un grand appartement, et puis, et puis, elle battait la campagne.

Léon, qui se moquait de ces rêves orgueil-

leux, en faisait de plus extravagants. C'étaient
non-seulement des princes russes lui offrant
des emplois de secrétaire, mais c'étaient des
ministres du roi le plaçant dans leurs bureaux ; on lui confiait un travail important,
il s'en acquittait d'une manière triomphante ;
son *Excellence*, étonnée, le faisait venir dans
son cabinet ; émerveillée des connaissances
qu'il déployait, elle le chargeait d'une mis-
sion délicate, il réussissait au-delà de toute
espérance, alors il faisait son chemin avec
une rapidité qui l'effrayait lui-même ; il devenait chef de bureau, il entrait au conseil
d'Etat, on le nommait sous-préfet, préfet,...
et lorsque, dans son imagination, il en était
là, ébloui, tremblant, ne pouvant croire à
tant de félicité, il cachait sa tête dans ses
mains et restait, durant des heures entières,
absorbé par la contemplation de ses futures
grandeurs.

De tels châteaux en Espagne n'étaient
avoués ni devant Mme Mandar, ni devant
Charles ; ils auraient fait pleurer l'une, rire
l'autre ; les époux se réservaient le plaisir

d'en parler dans le tête à tête, et après la confidence de leurs mutuelles folies, ils croyaient s'aimer mieux parce qu'ils extrava-guaient à l'unisson.

Cédant sur un seul point à sa belle-mère, Léon passa l'hiver à Sauveterre, afin d'avoir la belle saison à Paris ; et le premier avril, après avoir embrassé Mme Mandar, Char-les et les voisins, il se mit dans la diligence avec Marie, en poussant ce cri joyeux : *Allons faire fortune à Paris !*

CHAPITRE II.

PARIS.

Pendant que Léon et Marie roulent dans une pesante diligence, que Mme Mandar s'est retirée dans sa chambre pour prier et pour pleurer en liberté, que Charles, combattant l'émotion par le travail, est retourné à ses affaires, nous ferons rapidement connaître au lecteur la position sociale du jeune ménage dont nous lui contons l'histoire.

Léon et Marie appartenaient à deux honnêtes mais pauvres familles de Sauveterre. Léon, resté de bonne heure orphelin et sans fortune, avait reçu, grâce à ses protecteurs, ce qu'on appelle une *éducation libérale ;*

1

c'est-à-dire qu'il avait effleuré beaucoup de sciences élémentaires, que l'activité de son intelligence lui en avait promptement fait saisir les notions générales, que son amour-propre lui avait encore plus vite fait croire qu'il les possédait à fond, et que son savoir qui, dans un village et avec le secours de bons amis, le plaçait assez haut, à Paris, et lorsqu'il serait abandonné à lui-même, devait le laisser dans une complète obscurité.

Mme Mandar, âgée, faible de santé, autrefois la femme d'un modeste cultivateur, vivait chez son fils Charles ; celui-ci, près de se marier lui-même, s'était fait une loi de la protéger et de la soigner dans ses vieux jours ; elle ne possédait rien, car son mari était mort sans tester ; Marie avait reçu sa part de l'héritage paternel, et Charles, à la tête d'un petit fonds de commerce, gagnait au jour le jour de quoi nourrir sa mère, lui, et des enfants lorsqu'il en aurait. Il comptait sur sa femme, bonne et simple couturière, ancienne compagne de Marie, pour l'aider à subvenir aux besoins du ménage.

Voilà quant au matériel de la famille.

Quant au moral, le chapitre précédent a dû donner une idée du caractère de chacun de ses membres.

Mme Mandar possédait une piété très-sincère, beaucoup de confiance en Dieu, la paix que donne l'assurance du salut en Jésus, tout cela un peu voilé cependant par un sentiment habituel de tristesse que de nombreux malheurs, la perte de son mari, de plusieurs fils, et dernièrement du petit enfant de Mme Firmin, lui avaient communiqué. Charles Mandar, parfaitement honnête, n'avait pas encore des convictions bien vivantes, et Léon ainsi que Marie se peindront eux-mêmes dans ce récit. Je dois dire seulement qu'avant la conception et la réalisation de ses projets ambitieux, Léon n'avait ni cette inégalité dans le caractère, ni ces impatiences, ni cette sécheresse qui lui nuiront sans aucun doute auprès du lecteur. Léon était un peu égoïste, comme nous le sommes tous ; il avait beaucoup d'orgueil, comme nous en avons tous ; il défendait obstinément les idées qui

touchaient de près à son amour-propre,
comme nous les défendons tous ; enfin, il ne
luttait qu'à de rares intervalles contre ses
mauvaises tendances et ne les surmontait jamais complètement, comme il nous arrive à
tous de le faire, tant que nous ne connaissons pas, tant que nous n'aimons pas le
Sauveur.

Durant les premières heures du voyage,
Marie resta plongée dans une profonde affliction ; ses larmes redoublaient toutes les fois
que Léon lui adressait la parole, en sorte
qu'après quelques tentatives pour la distraire,
celui-ci s'en remit au voyage du soin d'apaiser son chagrin.

Ce que Léon avait prévu arriva. Les mauvais côtés de l'entreprise s'étaient vivement
représentés à Marie au moment de la séparation ; elle avait entrevu les dangers auxquels
elle s'exposait ainsi que son mari ; elle avait
pressenti quels mécomptes, quelles souffrances les attendaient peut-être ; mais ce qui
l'avait plus fortement saisie, c'était le souvenir des torts dont elle s'était rendue coupable

envers sa mère. Sa mère qui l'aimait si tendrement, sa mère qui ne l'avait jamais conseillée que pour son bien , sa mère qui était malade, âgée.... elle la quittait pour un long temps, malgré ses avis, malgré ses prières ! Et si le chagrin abrégeait les jours de Mᵐᵉ Mandar.... si Marie ne devait plus la revoir ! Une telle pensée , lorsqu'elle osait l'aborder, lui arrachait des sanglots. Cependant l'excès même d'une douleur qu'excite le travail de l'imagination s'oppose à sa durée.

Peu à peu , sans s'en apercevoir, Marie laissa ces lugubres tableaux pour passer à de plus riantes images. Elle se vit riche , élégante, revenant à Sauveterre avec Léon, avec deux jolis enfants nés à Paris ; elle courait à la maisonnette de Charles, elle y trouvait sa mère bien portante, quoiqu'un peu vieillie ; on s'embrassait ; Mᵐᵉ Mandar prenait les enfants sur ses genoux, elle les admirait, elle admirait sa fille , son gendre ; on racontait les prompts succès de Paris ; Mᵐᵉ Mandar disait , en secouant la tête : Je m'étais trompée ; Dieu vous a bénis. Marie, au com-

ble du bonheur, ne montrait aucune fierté ;
elle était amicale avec sa belle-sœur, affable
avec ses anciennes compagnes, simple et bonne
avec tous ; chacun s'écriait : Voyez comme
ces Firmin ont réussi ! mais il faut avouer
qu'ils le méritaient ! Enfin, tout allait au
mieux, et tout allant au mieux, Marie, dont
le beau rêve avait séché les pleurs, se mit à
regarder par la portière. La distraction chassa
quelques derniers vestiges de regrets ; Léon
se montra gai, affectueux, comme il l'était
d'ordinaire quand tout marchait selon ses
idées, et nos deux époux ne pensèrent plus
qu'à Paris, ne parlèrent plus que de leur
avenir.

Le voyage dura trois jours et deux nuits ;
c'était long pour des gens qui ne cheminaient
guère en voiture ; Marie se sentait brisée,
Léon avait des douleurs dans ses grandes
jambes ; mais qu'était cela, on allait arriver !... On arriva en effet.

Il serait difficile de décrire l'émotion,
l'enchantement de M. et de Mme Firmin.
Les faubourgs leur avaient paru bien laids,

bien sales; mais lorsqu'ils arrivèrent sur la place de la Bastille, devant la colonne de Juillet, lorsqu'ils parcoururent les boulevards intérieurs, ce fut chez Léon une admiration muette, contenue, comme il convenait à un homme supérieur; ce fut chez Marie une suite d'exclamations, d'étonnements naïfs, qui excitèrent plus d'une fois le sourire de ses compagnons de voyage, qui, plus d'une fois aussi, arrachèrent à Léon un geste d'impatience.

Les boutiques splendides; les chapeaux, les bonnets de femme élégamment disposés derrière les grandes glaces des modistes; les soyeuses étoffes qui tombaient en plis ondoyants devant les étalages des marchands de nouveautés; les pendules, les bronzes, les meubles, les porcelaines, tout cela se succédant avec rapidité; et puis la foule, le brouhaha, un escadron de lanciers qui passait au grand galop, et dont les armes étincelaient, dont les rouges panaches se balançaient dans l'air; le convoi funèbre d'un pair de France, qui étalait ses tristes pompes

sur le boulevard ; ces objets et cent autres
éblouirent si bien les yeux, captivèrent tel-
lement l'attention de Léon et de Marie, qu'ils
se trouvèrent·dans la cour des diligences,
sans trop comprendre comment ils y étaient
venus.

Léon ne savait à qui s'adresser pour s'informer de l'*hôtel du Midi*, que lui avait re-
commandé un de ses *pays*. Découvrant enfin, au milieu des gens affairés qui allaient
et venaient autour de lui, un pauvre boiteux qui cirait des souliers dans un coin, il
résolut de lui demander quelques rensei-
gnements. Le boiteux, d'un regard, toisa
Léon, sa femme, puis lui nomma rapidement quatre ou cinq rues qu'il fallait enfiler
les unes après les autres pour arriver à l'*hôtel du Midi*, entremêlant si bien ses indica-
tions de *à droite, à gauche, à droite*, que
Léon n'y comprit à peu près rien. Il avait
retenu cependant le nom des premières
rues, et se mit en marche avec sa femme.
Marie, toute à l'admiration, ne songeait
qu'à regarder, qu'à s'arrêter, qu'à s'extasier ;

2

mais Léon s'aperçut bientôt que les remarques à haute voix de Marie amusaient les passants; il en conçut de l'humeur et pressa le pas outre mesure, donnant de temps à autre un coup de coude à sa femme, pour la faire taire ou marcher plus vite.

Après bien des détours, bien des recherches inutiles, on parvint à trouver l'*hôtel du Midi*. M. et Mme Firmin y furent casés dans une sombre petite chambre qui donnait sur l'arrière-cour; Léon se livra à son impatience, il fit la leçon à Marie, lui reprocha ses questions, sa voix élevée, ses ébahissements provinciaux, et puis la quitta pour aller reprendre ses effets à la diligence.

Marie eut tout le temps de réfléchir; quatre grandes heures s'écoulèrent avant le retour de Léon. L'*hôtel du Midi* n'était pas, comme celui de la *Croix-Blanche* à Sauveterre, situé sur une jolie place, en plein soleil; l'hôte ne se montrait pas, comme celui de la *Croix-Blanche*, accueillant, serviable, toujours prêt à conter ses affaires, toujours disposé à écouter l'histoire des voya-

geurs. L'*hôtel du Midi*, placé dans une rue
étroite, ne recevait qu'un jour gris et dou-
teux, et l'hôte, après avoir conduit M. et
Mme Firmin dans leur chambre, s'en était
allé, ayant affaire ailleurs. Marie entr'ouvrit
plusieurs fois la porte sans apercevoir personne; elle resta solitaire, triste, pendant
ces quatre mortelles heures; et lorsque Léon
rentra, elle ne put s'empêcher de lui sauter
au cou, malgré quelque peu de rancune.

Il fut décidé qu'on ne demeurerait pas un
jour de plus à l'*hôtel du Midi*, que, dès le
lendemain, on chercherait un petit appartement, qu'on s'y établirait et qu'on s'y meu-
blerait. — Mais, ajouta Léon, tu ne peux
sortir avec moi vêtue comme tu l'es, on se
moquerait de nous; il faut que tu te fasses
habiller par une bonne couturière; la robe
qu'elle te fournira te servira de modèle pour
celles que tu confectionneras toi-même, et le
temps que tu mettras à compléter ta toilette,
moi je l'emploierai à choisir un logement, à
faire l'emplette des ustensiles, des meubles,
des provisions de première nécessité.

Marie poussa de gros soupirs à l'idée de rester encore seule tout un jour, peut-être deux, peut-être plus. Elle se soumit pourtant à ce que Léon appelait la raison, tout en trouvant cette raison bien sèche et bien froide.

Nous passerons rapidement sur l'ennui que ressentit Marie dans sa solitude, sur les désappointements de Léon qui trouvait tout plus cher qu'il ne se l'était imaginé, et nous dirons qu'après une semaine M. et Mme Firmin étaient casés rue de Valois, dans un joli petit appartement de deux pièces, meublé avec une certaine élégance.

Marie s'était plus d'une fois opposée à l'achat de tel ou tel objet trop coûteux ou presque inutile; le loyer de leur appartement (300 fr.) était, pensait-elle, singulièrement élevé pour leur bourse; mais Léon lui avait si clairement démontré que les meubles conservaient toujours leur valeur; il lui avait si bien expliqué comme quoi il faut à Paris faire montre d'aisance, afin d'attirer la confiance des gens dont on a besoin;

il lui avait si victorieusement prouvé que
deux mois de travail suffiraient pour cou-
vrir et au-delà leurs déboursés, que Marie,
convaincue et ravie de l'être, n'avait plus
pensé qu'à jouir. Elle se complaisait dans
l'arrangement de ses armoires, elle avait
même imaginé quelques perfectionnements
dont elle était toute fière, parce que Léon,
le génie supérieur, n'en avait pas conçu
l'idée. Il ne manquait rien à son bonheur;
il y manquait d'autant moins, que maintenant elle pouvait sortir avec son mari, se
promener avec lui aux Tuileries, voir avec
lui les curiosités, aller avec lui au spectacle...

— Comment donc! mais ces gens étaient
fous! s'écriera quelque lecteur sévère.

Ces gens, lecteur, n'étaient pas plus fous
que tant d'autres, qui songent avant tout au
plaisir, et poussent le devoir du coude.

Le soir même du jour où l'on avait soldé
les dernières emplettes, on s'était assis auprès de la table, on avait compté l'argent qui
restait dans le sac, on avait trouvé 500 fr., deux

fois plus qu'on ne croyait posséder encore,
et l'on avait déclaré, d'un commun accord,
qu'avant de se mettre sérieusement à l'ouvrage, il était raisonnable de connaître
Paris et de goûter à quelques-unes de ses
séductions. Marie, d'ailleurs, n'avait-elle
pas des objets à confectionner pour elle, des
soins à donner à l'arrangement de son
ménage? Si elle entrait dès à présent chez
Mlle Palmyre, tout resterait en désordre dans
son intérieur. Léon, de son côté, trouvait
sage de prendre quelque expérience du
monde et d'observer le caractère parisien,
choses d'autant plus nécessaires, que la carrière qui l'attendait lui était encore incon-
nue. On se promena donc, on visita les
monuments, on fut au spectacle; on dîna
souvent au restaurant parce que cela laissait
plus de temps, que le temps était précieux,
et qu'à tout prendre, il en coûtait à peine
davantage pour dîner là que pour dîner chez
soi; on observa, on s'amusa, dépassant
chaque jour les limites qu'on avait fixées à
la dépense, se promettant chaque soir de

rester en deçà le lendemain; travaillant par
accès, celle-ci à coudre, celui-là à préparer
les pièces d'écriture et de calcul, les extraits
de géographie et d'histoire, qui devaient
donner la mesure de ses talents, et tous
deux renvoyant de semaine en semaine le
moment de songer sérieusement à l'avenir.

Si un tel genre de vie aplatissait la bourse,
il ne restait pas sans influence sur l'âme des
deux époux.

Chez Marie, la frivolité naturelle, la faiblesse de caractère s'étaient accrues; chez
Léon c'était l'orgueil, l'inégalité d'humeur;
chez tous deux la paresse.

Le théâtre, qui présentait à l'imagination
de Marie des femmes toujours adorées, toujours obéies, souvent vicieuses et constamment séduisantes malgré les écarts de leur
conduite, le théâtre effaçait peu à peu l'horreur qu'elle ressentait pour le mal; il excitait chez elle des exigences que Léon n'était
pas disposé à satisfaire, et la rendait mécontente de lui, d'elle-même; tandis que les
rapides succès, la fortune inespérée, les

désordres des héros du drame moderne,
bronzaient la conscience de M. Firmin et tri-
plaient son ambition en affaiblissant ses forces morales.

Au sortir de ces plaisirs, les époux, fatigués, chagrins, cachaient mal leur secret ennui ; un mot vif, un reproche adressé sans
ménagement, amenaient des scènes fâcheu-
ses ; on s'était créé un besoin factice d'émotion, qu'on satisfaisait au prix de la paix intérieure ; l'intimité, l'union s'enfuyaient. Cela
dura un mois et demi environ.

Pendant ce temps, M. et Mme Firmin
n'avaient eu garde d'oublier leurs anciennes
connaissances.

Le cousin Bertaud fut introuvable ; on ne
se souvenait pas même de lui dans son an-
cien logement.

Quant à Fanny Delbène, lorsque Marie
s'informa d'elle, le portier de la maison que,
dans sa dernière lettre, elle indiquait comme
sa demeure, haussa les épaules avec un sourire de mépris et répondit sèchement : — Je

ne vous conseille pas de la chercher là où elle est.

Léon et Marie ne parvinrent qu'avec peine à trouver les *Michaud*. Ils logeaient dans une petite rue située au fond du faubourg Saint-Marceau. M. et Mme Firmin montèrent au sixième étage, frappèrent à la porte de la chambre qu'on leur avait désignée, et reconnurent à peine la fraîche Mme Michaud, dans la femme pâle, maigre, qui vint leur ouvrir, un petit enfant sur les bras, tandis qu'un autre tenait le coin de sa robe.

La chambre était si exiguë que trois personnes suffisaient à la remplir. Mme Michaud s'assit sur le lit avec ses enfants, pendant que M. et Mme Firmin prenaient place sur les deux chaises qui formaient tout le mobilier de la chambrette.

Mme Michaud, qui, elle aussi, avait eu de la peine à reconnaître Léon et Marie sous leurs beaux habits de ville, laissa échapper une exclamation de surprise lorsqu'ils se nommèrent. On s'embrassa, on causa. Mme Michaud dit qu'elle avait beaucoup et longtemps souffert, manque d'ouvrage... et manque de prévoyance, ajouta-t-elle en soupirant. Elle n'entra pas dans de nombreux détails, il lui en coûtait de s'appesantir sur ses chagrins passés, sur sa gêne présente ; mais elle dit que sa santé était altérée, que celle de ses enfants ne la satisfaisait pas ; que son mari, qui travaillait en qualité d'ouvrier tanneur, gagnait, il est vrai, mais se fatiguait trop, et qu'ils n'avaient qu'un projet, qu'un désir, celui de retourner chez eux avec quelque argent pour subvenir aux frais du voyage et s'établir modestement à Sauveterre.

Léon, à qui ce récit déplaisait, moins parce qu'il excitait sa pitié que parce qu'il tendait à détruire ses illusions, Léon s'efforça de représenter sous de vives couleurs, à Mme Michaud, les avantages de la vie parisienne.

— M. Firmin, répliqua Jeanne Michaud en jetant un regard sur le beau schall et sur la jolie robe de Marie, je vois que vous êtes tous deux dans une position brillante ; Dieu vous la conserve !... Mais si vous saviez ce que c'est que le besoin à Paris , ce que c'est que la maladie, que le froid...

Elle allait poursuivre ; une sorte d'amour-propre la retint, elle se tut ; puis reprit en rougissant :

— Enfin, nous avons souffert... Ma santé est détruite, celle de mon mari s'altère, nous retournerons au pays.

Marie aussi avait rougi, en entendant Jeanne parler de *position brillante*. L'entretien où peu à peu se glissait la contrainte cessa bientôt, et l'on se sépara presque froidement.

La vue de cette petite chambre nue , de cette femme pâle et vêtue chétivement , ces tristes aveux surtout qu'arrêtait un reste de vanité, avaient profondément agité le cœur de Marie ; sa compassion s'était fortement émue d'abord, puis un soudain retour sur elle-même l'avait plongée dans de sérieuses réflexions, presque dans le remords. Cette tristesse n'échappa point à Léon.

— Voilà des gens qui n'ont pas su se tirer d'affaire, dit-il d'un air dégagé.

— Est-il possible que vous parliez ainsi !

s'écria Marie. Pauvre Jeanne !... pauvres enfants !... quel taudis !... point de cheminée, rien sur les tablettes !... Léon, Léon, si nous arrivions là, si....

— Allons donc, c'est absurde ! interrompit Léon avec un éclat de rire contraint. Paul Lemierre et sa femme sont-ils réduits à la misère ?... Voilà des personnes qui ont de l'esprit, du savoir-faire ! Le mari, maître-d'hôtel du duc de P*** ; la femme, à la tête d'un grand atelier de modes ! Quant à moi, je ne te permettrais pas de prendre l'état de Mme Lemierre, c'est vrai, et je trouve Paul bien bon de se contenter de la place qu'il occupe.... Dépendre ainsi de la volonté d'un autre.... je ne m'y soumettrais pas, moi ; mais enfin ils sont riches, ils ne logent pas sous le toit, ils n'attendent pas tout le jour un morceau de pain qui souvent manque le soir, ils peuvent s'accorder des jouissances et en procurer à leurs amis ! N'est-ce pas eux qui nous ont fait connaître les plus jolis spectacles ? ne nous ont-ils pas donné des places à....

— Oui, interrompit Marie ; mais, en re-
vanche, nous avons fait tous les frais d'une
course avec eux à Versailles, d'une autre à
Saint-Germain, de plusieurs dîners au restaurant, et de je ne sais combien de parties
de plaisir.

— Qu'est-ce que cela prouve ! s'écria
Léon. Tu n'es pas à la hauteur de mon rai-
sonnement. Voici ce que je disais et ce que
je maintiens : c'est qu'avec du savoir-faire,
de l'intelligence et de l'activité, on réussit et
on réussira toujours à Paris.

Marie se tut ; elle connaissait Léon et ne
voulait ni l'aigrir, ni le fortifier dans son opi-
nion, ce qui arrivait fréquemment lorsqu'on
discutait avec lui ; cependant, quoiqu'elle ne
mesurât qu'avec respect la distance qui la
séparait de son mari, bien qu'à force de lui
répéter qu'*elle ne pouvait le comprendre*,
celui-ci l'eût pénétrée de la conscience de son
infériorité, elle garda pour cette fois et sa manière de voir et ses tristes pensées.

A peine M. et Mme Firmin étaient-ils arri-
vés chez eux, que Léon s'écria d'un air aisé :

— Tiens, Marie, je vois que tu conserves de l'inquiétude ; je vais compter l'argent et te montrer nos richesses !

Il prit le flambeau, alla à son secrétaire, tira le sac, fit une exclamation de surprise, compta une fois, deux fois, trois fois, et revint pensif, en murmurant :

— C'est singulier ; je ne comprends pas ; je croyais... enfin, cela est... oui, cela doit être !...

— Quoi ! qu'y a-t-il ? interrompit Marie tremblante.

— Il nous reste 60 fr., dit Léon à voix basse.

— 60 fr. !

Marie poussa un cri et tomba sur sa chaise.

— Que signifie ceci ? reprit Léon, qui donnait le change à sa propre émotion, en s'efforçant de réprimer celle de Marie au moyen d'un ton ferme, presque dur. Que signifie ceci ? Tout est-il perdu ? Avons-nous pensé que tant de jours passés follement ne nous coûteraient rien ? C'est une leçon ; recevons-la, soyons raisonnables ; commençons à vivre de notre travail ; mais ne nous désolons pas, mais ne faisons pas de scènes !

— Des scènes ! murmura Marie ; oh ! non, mon ami, non, je ne fais pas de scènes, seulement l'avenir m'effraie, notre péché m'apparaît dans son horreur...

Léon haussa les épaules.

— Oui, poursuivit Marie, nous avons été coupables ; nous avons donné dans tous les piéges que nous prétendions éviter ; et maintenant, oh ! maintenant nous voilà presque réduits à la misère ! Que ferons-nous, grand Dieu ! si nous ne trouvons de l'occupation d'ici à une semaine ?... 60 fr. !... oh ! ma mère, ma mère !

Et Marie éclata en sanglots.

— Votre mère, dit sèchement Léon, votre mère, si elle était ici, vous défendrait de vous livrer à toutes les lubies de votre imagination ; elle vous dirait de soutenir votre mari au lieu d'affaiblir son courage ; elle serait énergique... et vous n'êtes que sottement épouvantée !

Marie, glacée par cet accent, regarda Léon, prit sa main et balbutia :

— Est-il possible !

Ce coup-d'œil fit rentrer Léon en lui-même.

— Pardonne-moi, dit-il, après quelques instants de silence et de promenade dans la chambre. Pardonne-moi, mais sois forte, vois les choses comme elles sont... surtout crois-moi quand je t'affirme que, loin de nous trouver dans une position désespérée, nous sommes à la veille des plus beaux jours !

— Comment cela ? demanda Marie, que cette assurance faisait sourire à demi.

— Comment cela ? parce que si, au lieu de 60 fr., il nous en était resté 150 ou 200, nous aurions continué à ne rien faire, tandis que nous voilà tout d'un coup rendus sages !

Dès demain, tu te présenteras chez Palmyre, dès demain j'irai chez mon ami Lemierre ; nous verrons nos députés, les hommes influents que connaît le haut personnage

qu'il sert, et après-demain nous serons à
flot! Là, te sens-tu rassurée, es-tu con-
tente?...

— Pas complètement, répondit Marie en
riant tout-à-fait.

— Non?... Madame, vous mentez!...
Eh bien! pour te punir, tu vas écrire à ta
mère, elle en est encore à la lettre que tu
lui envoyas deux jours après notre arrivée;
mets-toi là, et commence. Ne lui parle pas
de nos fredaines, cela lui causerait de
l'inquiétude, cela nous ferait gronder, et
puisque nous voilà raisonnables, c'est inutile. Dis-lui en deux mots que nous avons
vu Paris, que nous sommes établis à mer-
veille, que nous touchons à la réalisation de
nos espérances, que nous l'aimons beaucoup... et... voilà tout.

— Faut-il parler de la lettre que nous
avait remise M. Dubois pour nous recommander à ses amis; tu sais, celle que tu n'as
pas voulu porter?...

— Celle qui devait m'attirer quelque ser-
mon semblable à ceux de M. Dubois?..

Non, non, qu'elle reste au fond de tes cartons... Va, écris ce que je t'ai dit, rien de plus.

La lettre terminée, les époux causèrent encore un moment, firent de beaux plans d'économie, se promirent de travailler sans relâche, se rassurèrent en supputant la valeur de leur mobilier, de leur linge, de leurs hardes, de leurs modestes bijoux, et s'endormirent pleins de cette douce certitude : *qu'on ne meurt pas de faim à Paris.*

CHAPITRE III.

Dès le jour suivant, Léon et Marie se mirent sérieusement en quête de travail.

Léon, qui ne prétendait à rien moins qu'à une place de secrétaire chez quelque duc et pair, ou qu'à un emploi dans les bureaux d'un ministère, Léon fut présenté par son ami Lemierre à deux ou trois hommes d'un rang élevé.

Une semaine ne s'était pas écoulée cependant, que Paul Lemierre, se lassant d'escorter et de recommander M. Firmin, déclara que ses occupations ne lui permettaient plus de l'accompagner, et le laissa voler de ses propres ailes, après lui avoir donné l'adresse de quelques personnes influentes.

Qui dira les ennuis que Léon dut subir ; qui dira les humiliations qu'il lui fallut supporter? Son amour-propre eut bien plus à souffrir de la réception hautaine des uns, de la dédaigneuse protection des autres, de l'indifférence de ceux-ci, des refus de ceux-là, que de la position médiocre, subalterne, qu'il avait à Sauveterre. Rien de tout cela pourtant ne lui fit ouvrir les yeux. L'avenir, cet avenir si riche de promesses, n'était-il pas là? Demain, après-demain, le mois suivant, ne devaient-ils pas lui amener l'accomplissement de tous ses désirs?

Il était mal reçu ; plus souvent point reçu du tout : M. le député disait son crédit baissé et faisait entendre à M. Firmin qu'en eût-il, il l'emploierait à pousser des hommes plus importants que lui, à mener à bien des affaires plus sérieuses que celles d'un ambitieux ; M. le marquis, après avoir laissé Léon se morfondre quatre jours de suite dans son antichambre, le recevait un matin debout, écoutait négligemment sa requête en lisant le journal, et prenant du bout des doigts la pétition que lui présentait le solliciteur, il murmurait : « C'est bien, nous verrons ; » puis, le regardant à peine, lui indiquait d'un geste que l'audience était terminée ; un troisième, brusque mais sincère, après avoir demandé à M. Firmin sur quels droits il s'appuyait pour postuler, ce qui le distinguait de tant d'autres, tous désireux de faire fortune et tous médiocres comme lui, lui déclarait nettement que ses prétentions étaient folles, qu'il ne les encouragerait jamais, et qu'il n'avait qu'un conseil à lui donner, celui de retourner au plus vite dans son village ; un quatrième l'éconduisait poliment avec ces vagues promesses qui équivalent à un refus formel... et Léon ne se rebutait point, Léon s'opiniâtrait ; Léon, chose plus étrange, Léon acceptait sans honte ce rôle de quêteur obstiné, qui condamne à un si complet abaissement celui qui l'adopte par ambition.

Ce n'est pas que son orgueil ne se révoltât ! Que de fois, le soir, lorsqu'il rentrait chez lui et qu'au regard interrogateur de Marie il n'avait qu'un mot à répondre : « Rien ! » que de fois ne s'était-il pas indigné contre ce qu'il appelait *l'insolence des grands, l'égoïsme des riches, l'injustice de la société !* Les grands, ils étaient impardonnables de ne pas deviner la noblesse du génie sous un nom roturier et des formes modestes. Les riches, ils aimaient mieux entasser vilainement leur or, que de doter l'humanité des travaux d'un esprit supérieur. La société, oh ! la société ! malédiction sur elle, qui ne sait pas donner dix ou vingt mille livres de rente au talent méconnu !

Ces déclamations, que Léon prenait toutes faites dans le premier mauvais journal venu, ces déclamations satisfaisaient apparemment son orgueil blessé ; car, le lendemain, ce même homme qui semblait la veille pulvériser d'un regard toutes les grandeurs humaines, ce même homme fatiguait de nouveau les gens en place, les riches, les nobles, et, de nouveau, s'attirait par ses importunités des paroles sévères ou des refus.

Qu'on ne dise pas : c'est la dureté, c'est la morgue des classes supérieures qui abaissait ainsi le caractère de Léon. Ce qui l'abaissait, c'était sa vanité. Le besoin d'un morceau de pain, la soif du travail lui faisaient-ils accepter une position si tristement dépendante?... Non, cent fois non. Le désir passionné de s'élever au-dessus du rang où Dieu l'avait mis, le désir passionné d'arriver à toutes les jouissances de la fortune sans peine, sans labeur, de plein saut : voilà ce qui le soumettait à une véritable dégradation morale !

L'humeur de Léon s'altérait ; ces humiliations qu'il ne voulait pas s'avouer, la possibilité du renversement final de ses espérances, qu'il ne voulait pas admettre, tout cela l'aigrissait insensiblement, et sa gaîté, qui n'avait rien de naturel, affligeait plus Marie que ne le faisait l'expression de son dépit.

Pauvre Marie! elle aussi avait rencontré des dédains ; elle aussi avait vu s'évanouir bien des illusions. Chez Palmyre, on l'avait renvoyée sans prendre la peine d'écouter sa requête ; chez une autre, même accueil et même succès ; elle avait parcouru maints ateliers de couture : ici l'ouvrage manquait, là les employés surabondaient, plus loin on demandait à Marie d'où elle venait, quelles recommandations elle pouvait produire ; et lorsqu'elle prononçait le nom très-inconnu de Mlle *Richard*, tailleuse à Sauveterre, on chuchottait, on riait, et Marie avait à peine le courage d'attendre un refus formel. De guerre lasse, elle avait prié Mme Lemierre de la recevoir dans son magasin de modes ; Mme Lemierre, en faisant une moue significative, s'était récriée sur la rareté des clientes, sur le nombre d'ouvrières inutiles qui restaient à sa charge, et Marie avait compris qu'il était inutile d'insister. Son cœur se serrait souvent, hélas ! Quand des mots indifférents ou durs venaient répondre à une demande timidement faite, elle avait peine à retenir ses larmes. Et puis, elle ne conservait pas les mêmes illusions que M. Firmin ; celui-ci parvenait fréquemment, il est vrai, à la rassurer, à l'égayer; mais lorsqu'il se trouvait absent, lorsque Marie, après s'être fatiguée tout le jour en vaines recherches, songeait que Léon, de son côté, s'épuisait en courses inutiles; lorsque le soir venait et qu'ils n'avaient ni l'un ni l'autre rien de nouveau à se communiquer, oh! alors Marie, qui sentait les jours s'enfuir et la pauvreté s'avoisiner, Marie tombait dans un profond découragement. Elle pensait à sa mère; il lui semblait entendre encore ces conseils dont la sagesse ne lui était que trop prouvée, et, pour comble de malheur, c'est à peine si elle savait se mettre parfois à genoux, implorer la pitié du Père céleste, ouvrir la Bible que M. Dubois lui avait donnée. Marie ne connaissait encore Dieu que comme un juge; elle n'avait pas compris l'amour qu'il nous a témoigné en nous envoyant son Fils; sa conscience la reprenait rudement, et elle avait peur de s'approcher de Celui en qui elle eût trouvé toute miséricorde, toute consolation.

2.

Bien que M. et Mme Firmin eussent vécu avec une extrême sobriété, les soixante francs qui restaient au fond du sac n'avaient pu suffire à les alimenter durant un ou deux mois de recherches infructueuses. Quelques malaises de Marie, symptômes d'une grossesse peu avancée, avaient exigé les visites du médecin, l'achat de remèdes; peu à peu on avait retranché, dans les dépenses habituelles, tout ce qui n'était pas le strict nécessaire; bientôt le strict nécessaire lui-même avait subi des modifications nombreuses, jusqu'au moment où la bourse se trouvant tout-à-fait vide, où le boulanger demandant impérieusement à être payé, il avait fallu faire argent de quelque chose.

Les meubles, le linge s'étaient tout naturellement présentés à l'esprit des deux époux; Léon avait déclaré que son secrétaire et deux ou trois chaises étaient parfaitement inutiles : « Ils encombrent l'appartement, » disait-il; et Marie les avait vendus en soupirant, tout étonnée de n'en tirer que le quart du prix d'achat. Mais c'était de l'argent, c'était

du repos, c'était du pain ; et pour Léon,
c'était un redoublement de chimériques espérances et de sécurité !

Les rapports de M. et de Mme Firmin per-
daient chaque jour de leur douceur ; Léon,
secrètement inquiet, ne pouvait supporter de
voir sur le visage de sa femme la trace d'appréhensions qui le tourmentaient lui-même.
Lors même que Marie ne parlait pas, son
regard triste, le sourire de doute qui accueil-
lait souvent les rêves de M. Firmin, frois-
saient celui-ci parce qu'ils lui semblaient un
reproche. Tout est condamnation pour le
coupable endurci dans ses fautes.

Un soir, après une journée passée comme
à l'ordinaire sans occupations, dans la solitude, Marie avait prononcé le nom de Sauveterre ; un gros soupir s'était échappé de
ses lèvres :

— Ah ! si nous y étions encore ! avait-elle
murmuré.

Léon alors s'était livré à la violence de son
caractère. Pour lui comme pour elle, la
journée avait été pénible. Sa conscience lui

avait crié plusieurs fois : « Retourne à Sauveterre ! » Aux premiers mots de Marie,
elle s'était réveillée pour lui répéter plus fortement cette instante injonction, et il l'avait
forcée de se taire comme il y avait contraint Marie, par une explosion de colère,
telle qu'il s'en fait chez ceux-là seuls qui
se sentent dans le mal et qui veulent y
rester.

Marie avait bien essayé de reprendre avec
son mari le culte qu'à Sauveterre ils faisaient
chaque jour, et qu'à Paris les plaisirs d'abord,
les fatigues ensuite, et enfin les soucis avaient
interrompu, puis détruit. Léon, qui la première fois s'y était prêté d'assez mauvaise
grâce, la seconde avait éludé la proposition,
et la troisième s'était formellement refusé au
désir de sa femme. Comment trouver la paix
dans une union où Christ, prince de la paix,
n'est pas?... Il n'y en avait guère dans notre
pauvre ménage. On se querellait, on se rac-
commodait, il est vrai, mais le cœur conservait de la rancune, et le pardon n'empêchait pas les récriminations irritantes. Il eût

fallu prier ensemble, confesser ensemble ses
fautes devant Dieu, demander ensemble des
directions au Saint-Esprit ; mais Léon fuyait
toute conversation pieuse, Marie n'osait plus
les faire naître, et chacun, outre le chagrin
que lui causait la gêne présente, outre les
appréhensions que lui inspirait l'avenir, chacun sentait un mécontentement profond, une
amère tristesse ronger son cœur : la tristesse et le mécontentement que produit l'ab-
sence de Jésus !

Vers ce temps-là, c'est-à-dire en septem-
bre, la fortune sourit tout-à-coup à Léon. On
vint l'avertir qu'un riche négociant avait été
subitement abandonné par tous ses employés
à la suite d'une scène très-vive, qu'il se
trouvait dans l'embarras, et que Léon, s'il
se présentait à lui, obtiendrait probablement
une place dans ses bureaux. Léon courut
chez M. Thierry (le négociant en question),
trouva un homme à la physionomie coléri-
que, à la parole brève, qui l'examina d'un
coup-d'œil, lui posa un problème de calcul,
lui donna cinq minutes pour le résoudre, et

qui, après avoir parcouru son travail, lui dit d'un ton légèrement radouci :

— Je vous offre 200 fr. par mois, vous arriverez ici à sept heures du matin, et n'en partirez pas avant six du soir; vous serez exact, actif, régulier... le moindre écart à la règle établie, la moindre erreur dans vos livres nous brouilleraient... je suis vif... si vous me supportez, vous ne vous en repentirez pas.

Deux mois auparavant, Léon aurait cru déchoir en acceptant de telles propositions; il aurait hésité, refusé très-probablement; mais aujourd'hui, aujourd'hui qu'il n'était pas sûr de demain, que l'affreuse misère frappait à sa porte, que Marie se trouvait dans un état de grossesse qui prochainement demanderait des soins coûteux, aujourd'hui il n'y avait qu'une chose à faire : accepter avec reconnaissance; c'est ce qu'il fit.

On juge de la joie du retour. « Enfin, une place, je la tiens, elle est à moi, bien à moi. » Et les questions, et les réponses, et les douces moqueries de Léon. « Non, jamais je ne devais réussir, disait-il en se promenant ou plutôt en dansant autour de la chambre. Il fallait retourner à Sauveterre, nous allions mourir de faim, qui sait, mendier peut-être ! » Quand Marie demandait si le patron avait l'air bien méchant, Léon, qui le voyait en beau, appelait *rondeur* la brusquerie de M. Thierry, et s'indignait contre les gens qui avaient pu laisser là un si brave homme, un homme vif, il est vrai, mais bon, très-bon au fond.

Les deux premiers mois tout alla bien. M. Thierry paraissait rarement dans ses bureaux, et comme Léon était intelligent, qu'il se donnait beaucoup de peine, M. Thierry semblait satisfait. D'ailleurs, l'abandon total où l'avaient laissé ses employés était encore présent à l'esprit du négociant ; il se surveillait lui-même, et ne donnait que rarement passage à quelque bourrasque d'humeur. « Alors, disait Léon, on ouvre son parapluie, et, l'orage passé, tout n'en va que mieux. »

De son côté, Marie, par un bonheur

inouï, avait trouvé quelque ouvrage. Dans
un moment de presse, la directrice d'un
des ateliers de couture où elle s'était présentée avait songé à elle, elle s'était souvenue
de son air souffrant, de ses manières timi-
des, elle lui avait confié une robe, et con-
tente encore plus de sa docilité que de la
perfection de son travail, elle l'employait
assez régulièrement.

Tout allait donc à souhait. On en profita
pour écrire à Mme Mandar. On se garda bien
de lui parler des mauvais jours, c'eût été
humiliant, et d'ailleurs à quoi cela servait-
il, puisqu'on les avait déjà oubliés, puisqu'ils ne devaient plus revenir ! On s'étendit
sur la prospérité actuelle, on l'exagéra même
un peu pour rendre le triomphe plus complet. Par degré l'aisance revint dans le ménage. On racheta le secrétaire et les chaises
qui *encombraient* l'appartement. M. Firmin
renouvela quelques-uns de ses vêtements,
afin, dit-il, de se faire respecter par son
patron et par ses camarades ; Marie trouva
que la femme d'un si haut personnage ne

pouvait se passer d'une robe de soie, d'un mantelet à la mode ; Léon, qui demeurait tout le jour sans manger, revenait le soir avec un appétit féroce qui exigeait une table assez bien garnie, et peu à peu le luxe, les *nécessités inutiles* rentrèrent dans la maison.

Elles n'y rentrèrent pas seules. Au temps de l'inquiétude, on s'était promis de renoncer pour jamais aux plaisirs coûteux, de borner toutes les distractions à la promenade du soir ; mais la promenade, c'est toujours la même chose ; Léon, après un travail assidu, Marie, après une journée d'isolement et de travail aussi, avaient tous les deux besoin de plus que cela pour se *défatiguer ;* on s'accordait donc le spectacle et quelques parties de divertissement en compagnie des amis.... car avec la prospérité ils étaient revenus.

. Deux cents francs suffisaient-ils donc à tout cela ? Non, il s'en fallait même de beaucoup ; mais Marie gagnait quelques sous de son côté, puis on prenait à crédit, on payait des à-comptes, et on allait en avant, appuyé sur l'avenir.

Il faut le dire, dès la première semaine d'aisance, Marie avait proposé de placer chaque lundi 15 fr. à la caisse d'épargne; cependant, comme Léon trouvait toujours à cette somme un emploi préférable, on renvoyait au lundi suivant, de telle sorte qu'à l'époque dont nous parlons, on en était à renvoyer encore.

Le chagrin réveille la conscience, le bonheur l'engourdit trop souvent; celle de Léon ne disait plus rien, celle de Marie se faisait à peine entendre. Mme Firmin avait quelquefois prié, quelquefois lu les saints Livres durant les moments d'inquiétude; maintenant, si elle prononçait une prière, c'était de mémoire, et, si elle ouvrait son Evangile, deux ou trois versets à peine effleurés de l'œil suffisaient à sa dévotion. Les époux se voyaient peu, songeaient surtout à se distraire lorsqu'ils étaient réunis, et ce trouble, cet oubli du côté sérieux, des devoirs de la vie, ils l'appelaient *bonheur*.

CHAPITRE IV.

RECHUTES.

Un matin, comme il entrait dans les bureaux de M. Thierry, Léon surprit un sourire moqueur sur quelques figures; il demanda ce que signifiait un tel accueil, et un petit commis à la physionomie espiègle murmura tout bas :

— Cela signifie, M. Léon, que vous allez recevoir une *fameuse danse !*

Au même instant, le premier employé du négociant sortit du cabinet de ce dernier :

— M. Firmin, dit-il, voici deux heures que le patron vous attend, passez chez lui.

Léon se redressa, puis entra fièrement chez M. Thierry.

La veille il était resté fort tard au spectacle, le sommeil l'avait retenu le matin, il se sentait dans son tort, mais il se raidissait.

M. Thierry, assis dans son fauteuil, le front plissé, l'accueillit par un : « Ah ! enfin ! » qui aurait glacé tout autre que Léon.

— D'où vient ce retard ? demanda le patron d'un ton impérieux et bref.

— J'ai veillé hier, répondit sèchement M. Firmin.

— Où cela ? pourquoi cela ?

Léon resta muet.

— Je vous demande, Monsieur, reprit M. Thierry d'une voix irritée, je vous demande ce que vous avez fait hier au soir ?

— Monsieur ! répliqua Léon tremblant d'indignation, mais croyant se modérer encore, il me semble qu'une fois hors de ces bureaux, je ne dois compte de mes actions qu'à moi-même !... Si vous tenez à savoir où j'étais cependant, je vous le dirai : j'étais au spectacle.

M. Thierry se leva violemment, poussa son fauteuil, et se promenant à pas précipités :

— Ah! Monsieur va au spectacle! Monsieur, hors de mes bureaux, ne doit compte de ses actions à personne! Monsieur, pour se divertir, me fait manquer une spéculation! Monsieur prend avec moi des airs d'indépendance, d'insolence même...

— Je ne supporterai pas ceci! s'écria Léon hors de lui.

Le négociant s'arrêta, fixa sur le jeune homme un regard de dédain, puis, croisant les bras:

— M. Firmin, dit-il d'une voix contenue, passez à la caisse, faites-vous payer et ne reparaissez jamais devant moi.

Léon sortit la tête haute, le cœur labouré par mille sentiments contraires; il lui fallut traverser les bureaux, et son unique préoccupation fut de se montrer insouciant; l'orgueil, plus que le vrai courage, lui en donna la force; mais une fois dans la rue, tout, espérance déçue, humiliation, colère, tout, avec les horribles menaces de l'indigence, tout vint fondre sur lui. Il marcha rapidement jusqu'au bois de Boulogne sans savoir où il

3

allait ; il se jeta sous un arbre, et là des pen
sées haineuses, folles, coupables, assailliren
son âme. Il voulait se venger ; puis il voulai
se tuer ; puis il s'irritait contre lui-même
puis il s'en prenait à la faiblesse de Marie qu
ne savait ni lui résister, ni le conseiller ; puis
regardant avec mépris les 50 fr. qu'il venai
de recevoir, unique ressource pour un temp
d'oisiveté dont il ne pouvait mesurer la durée
il s'indignait contre l'injustice *du sort*... i
n'osait dire *de Dieu*. Pas une fois le sentiment vrai, le sentiment chrétien de ses tort:
n'émut son cœur ; il s'indignait contre lui-
même, mais plus par violence que par humilité ; c'était son étourderie qu'il déplorait,
c'était son aveu à M. Thierry ; ce n'était n
la négligence, ni les paroles emportées, ni
l'abandon du Seigneur, qui l'avaient condui
là ; il ne pria point, il ne pleura point sur
son péché, et son âme, profondément altérée,
ne connut pas la joie du pardon, la paix qui
succède à la tristesse selon Dieu.

Cependant la nuit descendait, la fraîcheur
du soir avait calmé le sang de Léon ; il revint.

— Pauvre Marie! depuis longtemps elle l'attendait!

La veille, on avait arrangé une partie de plaisir. Paul Lemierre et sa femme étaient venus chercher M. et Mme Firmin; ils avaient attendu Léon, s'étaient lassés; et Marie, après les avoir vus partir, non sans dépit; après s'être impatientée et contre Léon qui n'arrivait pas et contre M. Thierry qui ne le laissait pas revenir, Marie commençait à s'inquiéter sérieusement. Tout-à-coup, elle entendit les pas de M. Firmin, puis la clef qui tournait dans la serrure; elle s'élança au-devant de lui; la pâleur, la contraction des traits de son mari l'épouvantèrent.

— Seigneur! qu'est-il arrivé? s'écria-t-elle plus pâle encore que Léon.

— Rien, répondit M. Firmin, je n'ai plus de travail... je suis renvoyé... voilà tout.

Puis il jeta les 50 fr. sur la table avec un dédain mêlé de colère.

Marie poussa un cri, elle serait tombée si Léon ne l'avait retenue; toute la tendresse de celui-ci se réveilla; l'état où se trouvait Marie, les suites que pouvait amener pour elle une si douloureuse émotion, se représentèrent vivement à son esprit pour le pénétrer de remords. Il transporta Marie sur son lit, il s'efforça de la consoler, de la fortifier; Marie se remit un peu, mais ce coup inattendu ébranla fortement sa santé.

On le comprend, dans le récit que fit Léon a sa femme, M. Thierry ne fut point épargné. Marie ne parvenait pas à calmer les mouvements de haine que ce nom seul excitait chez Léon ; elle lui arracha cependant des promesses de modération, de prudence, et tous deux s'endormirent, l'un brisé par la fatigue, l'autre par le chagrin.

Le lendemain, Marie, réveillée de bonne heure, réfléchit sérieusement à sa position; elle sentait la nécessité d'une réforme, mais, accoutumée à n'employer son influence auprès de Léon que lorsqu'il s'agissait de satisfaire un caprice, elle eut à peine le courage de proposer un plan de retour à la piété et à l'économie.

Hélas! les désirs religieux de Marie venaient plus de la crainte que de l'amour, et quant à l'économie, il fallait moins se préoccuper du soin de l'établir, que du soin d'échapper à la faim et au froid.

Lorsque, rappelant à Léon leur coupable négligence de la prière, de la lecture des saints Livres, Marie lui demanda de méditer avec elle, de s'agenouiller avec elle chaque matin devant Dieu, celui-ci répondit : « *Nous verrons*, » d'un air qui ferma la bouche de la faible Marie ; et lorsque, songeant au terme de loyer qui s'approchait, elle parla de prendre un appartement moins coûteux, Léon lui prouva que changer dans ce moment, c'était mettre le propriétaire en défiance, c'était se discréditer auprès de tous leurs protecteurs et de tous leurs amis. Marie se tut, et dès-lors commencèrent des privations dont chaque jour accrut le nombre.

Plus que jamais Léon défendit à Marie d'informer Mme Mandar de leur triste situation ; plus que jamais il lui ordonna de cacher à tous les yeux leur pénurie... Sous un prétexte ou sous l'autre, M. et Mme Firmin

refusèrent de prendre part aux divertisse-
ments de leurs amis, et ceux-ci, qui pres-
sentirent vite la véritable cause de tant de
sagesse, espacèrent leurs visites, et bientôt
s'éloignèrent tout-à-fait.

Marie avançait dans sa grossesse ; elle souffrait, travaillait au-delà de ses forces, et ne
prenait qu'une nourriture grossière, qui fatiguait son estomac sans le substanter. Les
50 fr. de Léon n'avaient pas duré longtemps;
de nouveau on avait eu recours à la vente
des meubles; mais cette fois ce n'était pas
seulement quelques chaises inutiles qu'avait
vues partir Marie, c'était le mobilier complet
du cabinet de son mari, c'étaient les trois
quarts du sien, c'était sa jolie et reluisante
batterie de cuisine presque tout entière.

Décembre commençait ; il faisait un froid
sec qui convenait parfaitement aux prome-
neurs des Champs-Elysées et du bois de
Boulogne, mais qui congelait jusqu'à la
moelle des os les indigents relégués dans les
sombres réduits de la misère. Marie avait
fermé sa cheminée, elle faisait cuire la mai-

gre pitance du jour sur un poêle de fer,
qu'elle n'allumait guère qu'un peu avant
l'heure du repas. A peine ses pauvres doigts
pouvaient-ils tenir l'aiguille. Léon courait,
s'offrait, cherchait des protecteurs et n'en
rencontrait point. Il usait des souliers, trouvait quelques écritures à faire ici ou là;
rentrait de plus en plus aigri et fuyait cette
intimité conjugale, ces rapports religieux,
qui seuls eussent pu faire rentrer la paix
dans son âme en y ramenant l'humilité.
Bientôt Marie ne put plus remplir qu'à demi
la tâche que lui imposait la couturière; les
ressources en diminuèrent d'autant; il fallut recourir au Mont-de-Piété.

Hélas! ce n'était pas la première fois. Un
dimanche, dans le temps de la prospérité,
un dimanche que la bourse était vide, que le
soleil était radieux, que les amis Lemierre,
arrivant de bon matin, avaient proposé une
course à Montmorency, après s'être défen-
dus contre la tentation de manquer au culte
divin pour les accompagner, et de passer
dans de bruyants plaisirs la journée que

Dieu s'est réservée, Léon et Marie avaient
cédé, puis, le lendemain, porté la montre
avec les boucles d'oreilles au Mont-de-Piété,
afin de rembourser M. et Mme Lemierre.
« Nous ne les vendons pas, s'étaient dit
les époux, nous les déposons; dans huit
jours nous viendrons les reprendre; personne ne le saura... et d'ailleurs, à quoi
servent ces bijoux, le plus souvent cachés au
fond d'un tiroir! » Ce moyen de faire de l'argent une fois trouvé, on s'en était servi de
nouveau, toujours avec les mêmes raisonnements, toujours avec la même certitude de
reprendre les objets mis en gage... Cependant, on n'avait encore touché ni au linge,
ni aux hardes; et maintenant!... maintenant, il fallait du bois, il fallait du pain, il
fallait apaiser par quelques à-comptes des
créanciers impatients qui iraient sans cela
révéler au propriétaire la pénurie du ménage,
et Marie, le cœur oppressé de tristesse, remit à Léon, pour les porter au Mont-de-
Piété, d'abord ses belles nappes et ses jolies
serviettes, puis ses draps, puis une grande

partie de son trousseau et de celui de son mari. Bientôt il ne lui resta plus que deux draps, un peu de linge, une robe de rechange, un châle, un chapeau, et à Léon l'équivalent à peu près. Elle frémissait en songeant à ses couches!

Marie, obéissant aux ordres de M. Firmin, ne laissait plus entrer personne dans sa chambre; la nudité de cette pauvre demeure aurait vite appris aux visiteurs ce que Léon voulait cacher avant tout. Lorsque Marie sortait, il examinait attentivement sa toilette, afin de voir si rien en elle ne décelait leur indigence; rencontraient-ils une ancienne connaissance, Léon prévenait toute question en parlant de l'aisance dont il jouissait et des belles espérances qu'il cultivait.

— Tromper! toujours tromper!... s'écriait parfois Marie, que c'est cruel et que c'est coupable! Vois-tu, mon ami, quand tu me forces à sourire d'un air heureux, à déguiser mon dénûment sous cette robe de soie mince et froide, sous ce chapeau orné de

fleurs fanées, tu me fais souffrir, et tu me
fais pécher. Oui, je sens que j'offense Dieu ;
je mens aux autres et je me ments à moi-
même !

— Ma pauvre enfant, répondait Léon
en haussant les épaules, tu n'entends absolument rien aux affaires de ce monde ; tu ne
sais pas que la pauvreté calomnie ; tu ne sais
pas que, pour réussir, il faut avoir l'air d'être
heureux... occupe-toi à coudre, et laisse-
moi le soin de diriger notre conduite.

Dieu se sert de la douleur pour nous amener à l'aimer. Les âmes qui, touchées par la
grâce du Saint-Esprit, s'humilient sous
l'épreuve, ces âmes en comprennent peu à
peu le sens, ou, pour mieux dire, *le langage* ;
elles reviennent alors au Seigneur, et sont
consolées, fortifiées par lui : c'est ce qui arrivait à Marie. Les cœurs, au contraire, qui
se font d'autant plus orgueilleux que l'Eternel frappe plus fort, ces cœurs n'entendent
rien à la véritable signification d'un tel appel, ils s'endurcissent sous le châtiment, et
s'éloignent de Celui qui seul peut leur rendre

la joie avec la paix : c'est ce qui arrivait à
Léon.

L'une, dans ces tristes et froides journées
solitaires, avait essayé de prier ; elle l'avait
fait avec le sentiment incomplet encore, mais
sincère, de son état de péché ; elle y avait
trouvé de la douceur, une douceur qui s'était
toujours accrue, de sorte qu'après les moments
qu'elle passait à lire quelques versets des
saints Livres et à demander au Seigneur de
la patience, elle se sentait plus calme, elle se
sentait presque heureuse.

L'autre, dans ses courses de tous les jours,
se raidissait à chaque refus, et n'acceptait
qu'avec un dédain plein d'amertume les rares
occupations qui s'offraient à lui. Le luxe des
gens fortunés, ce luxe dont il avait tâté plus
qu'il n'était sage, excitait chez lui des bour-
rasques de colère. Il ne voyait pas un de ces
équipages tout brillants de soie qu'il admirait
autrefois en les convoitant, sans injurier le
riche, qui, par un tel étalage, insultait à la
misère du pauvre. Il ne passait pas devant un
de ces magasins splendides où parfois il était

entré avec Marie, sans exhaler son indignation contre les vaniteuses recherches de l'élégance ou de la somptuosité. Il ne se disait
plus comme jadis : « Le luxe nourrit l'ouvrier, la dissipation des grands engraisse les
petits. » Il ne se disait pas : « Si j'avais
voulu, j'aurais modestement gagné mon pain,
je l'aurais mangé avec joie, chaque jour mon
bonheur avec mon amour pour Dieu se se-
raient accrus. » Non, il ne se disait rien de
tout cela. « Je suis indigent, s'écriait-il,
je souffre, le riche ne me donne ni vêtements, ni nourriture ; il me les refuserait si
j'avais la bassesse de les lui demander ; qu'il
soit maudit avec son or ! »

Vers le milieu de janvier, comme il ne restait plus à mettre au Mont-de-Piété que des
objets presque indispensables, comme on avait
maigrement soupé la veille et que le froid pénétrait partout, Marie résolut d'aborder cou-
rageusement la question du retour à Sauveterre. Elle commença toute tremblante, sans
regarder Léon, se remit un peu, lui parla de
ses couches dont elle ne se trouvait plus qu'à

quinze jours, de l'impossibilité où elle serait
bientôt de travailler de ses doigts, des soins
dont elle allait avoir besoin, de ce pauvre
petit enfant qu'il faudrait nourrir, réchauffer,
et finit en suppliant M. Firmin de céder à ses
prières, de la ramener à leur bonne mère, de
recommencer à travailler comme devant, et
de subir, s'il le fallait, les humiliations qui
les attendaient au village natal.

— Ah! si tu savais! s'écria-t-elle, si tu
savais, Léon, combien de fois je me suis
représenté ma mère, ma pauvre mère les
bras ouverts et nous pressant contre son
cœur! Que de fois je me suis assise en
imagination devant ce beau feu de sarment
qui brille dans la cheminée de notre cuisine! Combien de fois j'ai recommencé nos
douces veillées! Combien de fois notre jolie
chambre, avec ses fenêtres en plein soleil,
et notre jardin, et nos vêtements de futaine
si chauds, si solides, et nos voisins, et les
paternelles exhortations de M. Dubois; combien de fois tout cela s'est peint à mes
yeux! Léon, Léon, pendant qu'il en est

temps, prenons un parti sage, ne lassons pas
Dieu !

— Dieu ! interrompit Léon avec un mauvais sourire ; puis il se retint en voyant l'effroi
de Marie, et se contenta de lui dire d'un ton
bref : Ma chère amie, partez si vous le voulez... moi, je n'irai pas. Non, poursuivit-il,
en s'échauffant ; non, je ne retournerai pas
mal vêtu, sans le sou, au lieu même que l'on
m'a vu quitter dans l'aisance ; je n'irai pas,
vous pouvez y compter, m'exposer aux quo-
libets des sots, aux insultes des insolents, aux
sermons de votre mère ou de M. Dubois. Le
vin est versé, il faut le boire. Si je meurs de
faim ici... eh bien, on ne meurt qu'une fois.

— Oh ! Léon, interrompit Marie d'une
voix suppliante.

— Vous, Marie, allez, retournez, vous serez bien reçue, on vous approuvera d'avoir
laissé ce fou, cet orgueilleux... Oui, orgueilleux, je le suis. Si le sentiment de la dignité
est de l'orgueil, si la résistance au malheur
est de l'orgueil, si la persévérance dans le
parti qu'on a choisi est de l'orgueil, je suis un

orgueilleux ; mais j'aime mieux mon orgueil
qu'une humilité qui n'est que de la faiblesse ;
je l'aime mieux, cet orgueil qui m'empêche
de m'avilir, qu'une humilité qui me ramène-
rait misérable dans notre village, et qui me
ferait justement mépriser !

Marie aurait eu bien des choses à répondre, bien des questions à faire sur ce que
Léon nommait *sa dignité*, dignité qui l'empêchait de soutenir sa femme par un travail
modeste et qui ne l'empêchait pas, lui, de se
nourrir du produit de ses fatigues à elle ;
mais sa douleur l'emportait sur tout autre
sentiment ; l'Evangile, d'ailleurs, lui avait
enseigné la soumission, le respect conjugal,
et quand, pour terminer, M. Firmin lui eut
répété ce qu'il lui avait dit cent fois : qu'elle
était bornée et sans culture, qu'elle ne com-
prenait rien ni aux hommes ni aux choses,
Marie se tut, renferma son chagrin, et se contenta de prier pour Léon.

CHAPITRE V.

MISÈRE, SECOURS, RÉSOLUTION.

Dans les premiers jours de février, Marie sentit les approches de sa délivrance ; elle travailla jusqu'au dernier jour, mais ses souffrances devenant violentes, elle se coucha, et Léon alla chercher le médecin. Celui-ci secoua la tête en examinant Mme Firmin :

— Encore une que le besoin tue !

En effet, Marie était gravement atteinte.

L'accouchement fut difficile et dangereux. Marie manqua mourir en mettant au monde une petite fille qu'elle voulut nourrir, malgré les conseils du docteur.

Ce moment, moment si doux pour un père

et une mère, ce moment fut profondément triste pour Léon et pour Marie. La pauvre mère avait à peine dans son sein tari quelques gouttes de lait qui ne calmaient pas les pleurs de son enfant ; Léon, le cœur déchiré par l'inquiétude, portait chaque jour au Mont-de-Piété un dernier drap, une chemise, afin de procurer à Marie ce peu de bouillon, ce petit feu chétif qui lui étaient prescrits par le docteur. Marie, que la faim dévorait et qui savait les ressources à bout, feignait du dégoût pour les aliments, et ne mangeait que juste ce qu'il fallait pour que son enfant ne souffrît pas trop de sa faiblesse. Pauvre enfant, un mauvais lange le protégeait bien mal contre le froid qui venait de redoubler ses rigueurs.

Léon pensait avec amertume aux femmes et aux nouveau-nés des riches, entourés de soins, de garde-malades attentives, de toutes les douceurs du bien-être. Quand il comparait les tapis moelleux de ces bonnes chambres, aux carreaux glacés du réduit où souffrait Marie ; ces lits mous et chauds, à son dur matelas, à sa mince couverture ; ces berceaux somptueux, ces layettes magnifiques, à la toile grossière, aux vieux jupons dont sa petite était enveloppée ; les mets recherchés qu'on présente aux nouvelles accouchées, à la pauvre tasse de bouillon que Marie buvait à petites gorgées, afin qu'elle durât plus longtemps, son cœur se fendait, ses poings se fermaient convulsivement ; il eût voulu faire honte à *ces égoïstes*, de tous les maux qu'il endurait.

Marie n'allait pas chercher si haut ses points de comparaison. Elle pensait tout simplement aux soins de sa bonne mère. Elle se disait : « Si Léon l'avait voulu, je serais dans mon lit à rideaux de serge verte ; mon enfant reposerait près de moi, dans une jolie barcelonnette d'osier ; ma mère, assise vers nous, bercerait ma petite fille ou lui passerait une bonne brassière de flanelle ; elle la promènerait, elle l'endormirait au chant des cantiques ; mon frère et sa femme viendraient m'embrasser, M. Dubois me ferait quelques-unes de cés belles prières qui mettent la joie

dans le cœur; Léon lui-même se frotterait
les mains avec gaîté et s'écrierait : « Ce que
femme veut, Dieu le veut; tu avais raison,
ma petite! » Et lorsque les paupières de
Marie, fermées pendant ces rêveries si douces, se relevaient; quand ses yeux rencon-
traient la sombre nudité de cette chambre
démeublée; lorsqu'elle sentait le froid glacer
son front et le petit enfant presser avec ses
mains un sein desséché, des larmes coulaient
le long de ses joues; elle ne pouvait que
prier Dieu de lui donner de la patience, et
d'étouffer en elle tout ressentiment contre
l'époux dont l'orgueil obstiné la faisait tant
souffrir.

Marie quitta son lit aussi vite qu'elle le
put; cependant ses douleurs avaient été si
cruelles, l'affaiblissement que lui causait l'ali-
mentation de son enfant était tel, que vingt
jours s'écoulèrent avant qu'elle retournât chez
la couturière qui lui donnait de l'ouvrage.

Hélas! un nouveau chagrin l'attendait là.
Pendant ces vingt jours, elle avait été rem-
placée; plus de travail régulier! Et c'est sur

ce travail qu'elle comptait, non pour dégager
quelques hardes presque indispensables,
mais pour payer le boulanger, le propriétaire, pour vivre !

Marie, par la rapidité avec laquelle elle
s'acquittait de l'ouvrage que de temps à autre
lui confiait la couturière, s'efforçait de re-
gagner les bonnes grâces de celle-ci ; elle
mangeait à peine, se levait de grand matin,
se couchait tard et ne dormait presque pas,
parce que son enfant criait, et que le besoin,
joint à l'inquiétude, lui donnait la fièvre. De
jour comme de nuit, il fallait nourrir la
petite fille, apaiser ses pleurs ; Léon, lorsqu'il
n'avait pas de copie à faire, promenait sa
petite et essayait de l'endormir, mais il était
une bonne d'enfant assez maladroite, et ne
soulageait guère la pauvre Marie.

Le médecin, homme de cœur, les visitait
parfois. Il avait tenté de leur faire accepter
quelques secours ; Léon les avait refusés avec
un mouvement de fierté blessée, Marie avec
une humble reconnaissance, mais avec fermeté :

— Aussi longtemps que je pourrai travailler, disait-elle, je n'accepterai pas une aumône dont je priverais ainsi d'autres malheureux.

En vain le docteur les avait-il engagés à se faire inscrire au bureau de bienfaisance; Léon, à chaque proposition du docteur, déclarait qu'il préférait la mort à une telle humiliation.

Les choses en étaient là depuis un mois; le loyer restait à payer, le boulanger menaçait de ne plus fournir de pain, la santé de Marie s'affaiblissait d'une manière effrayante, lorsqu'un jour le médecin, après avoir examiné Mme Firmin, lui annonça que, si elle continuait à allaiter, il ne répondait plus ni d'elle ni de son enfant. La pauvre femme sentait bien qu'il avait raison; son enfant dépérissait, sa poitrine à elle lui faisait un mal horrible, et elle n'avait presque plus la force de tirer l'aiguille. Elle obéit au docteur, essaya de nourrir son enfant par des moyens artificiels; mais la pauvre petite, déjà très-échauffée, tomba dangereusement malade.

— Il faut une nourrice! dit le docteur, à sa première visite. Vous n'avez rien, vous ne pouvez payer le mois d'avance qu'exigent ces femmes-là, je connais une dame pieuse qui fournira l'argent nécessaire, et de ce pas je vais arranger l'affaire.

— M. le docteur, je ne souffrirai jamais!... s'écria Léon.

— Ah çà, Monsieur, interrompit sérieusement le médecin, n'est-ce pas assez d'abréger les jours de votre femme, voulez-vous encore tuer votre enfant?

— Monsieur!

— Léon, Léon, s'écria Marie dont le cœur maternel se déchirait, par grâce, accepte. Nous le rendrons, mon ami; je travaillerai, toi aussi; s'il le faut, nous nous priverons de pain pour le rendre; mais songe à cette pauvre petite créature presque morte d'inanition. Oh! merci, M. le docteur! Oui, procurez-nous tout cela, une nourrice, des secours; oh! que vous êtes bon, oh! que je vous rends grâces!

Et avant que Léon pût se dégager des

bras de Marie pour retenir le docteur, celui-ci s'échappa et courut au bureau des nourrices. Il en revint avec une brave femme de la Champagne, qui tout de suite fit téter l'enfant. Marie ne se possédait pas de reconnaissance ; Léon, forcé d'accepter le bienfait, ne pouvait contraindre son orgueilleux cœur à la gratitude ; il balbutia quelques paroles parmi lesquelles on distinguait celles-ci : « Je rembourserai, c'est un prêt.... etc., » tandis que le docteur, qui ne l'écoutait pas, se livrait au plaisir de voir l'enfant manger et la pauvre mère pleurer de bonheur.

Le lendemain, la nourrice partit avec son nourrisson ; ce fut un crève-cœur pour Marie, mais la nécessité était là ; Mme Firmin savait d'ailleurs que cette séparation rendait la vie à sa fille, qu'elle lui permettait de reprendre un travail indispensable à sa subsistance, et elle se résigna.

Le bon docteur avait acquis le droit de se mêler des affaires de M. et de Mme Firmin ; il s'adressait rarement à Léon, ayant vite démêlé son caractère vaniteux, obstiné, et sachant par expérience qu'on gagne peu sur de telles gens, parce qu'il leur faut encore plus les leçons de Dieu que celles des hommes.

Mais Marie l'intéressait; sa douceur, son assiduité au travail lorsqu'elle obtenait de l'ouvrage, lui inspiraient de l'estime; il examinait soigneusement sa santé, et, au bout de très-peu de temps, il s'aperçut qu'une maladie de poitrine menaçait la pauvre femme. La cause en était évidente : trop de travail, pas assez de nourriture, le froid, les inquiétudes, les couches... il ne fallait pas la moitié de tout cela pour attaquer les organes vitaux.

Le docteur parla de départ; Marie, qui par-dessus tout craignait d'affliger Léon, le supplia de ne point toucher à cette corde; le docteur céda, mais en déclarant que si Léon ne se soumettait pas à recevoir les secours que réclamait la santé de sa femme, secours qu'il s'efforcerait de lui procurer, il ne remettrait plus les pieds chez elle. Bien plus, il se chargea de chapitrer Léon à ce sujet, et le fit. Léon se gendarma, s'irrita, argumenta ; le docteur n'en tint compte.

— Quelles sont vos ressources ? demanda-t-il.

Léon parla de ses copies.

— Cela ne signifie rien, répondit le docteur ; un jour trois pages, le lendemain dix, le surlendemain point ; vous ne pouvez nourrir une femme avec cela.

Léon le savait bien, il ne répliqua pas.

— Pourquoi, vigoureux comme vous l'êtes, n'allez-vous pas travailler aux fortifications, aux chemins de fer ?

— Moi, s'écria Léon avec une indignation mal réprimée ; moi ! manier la bêche ! me mêler à la tourbe des ouvriers ! subir une telle humiliation !...

— C'est là une humiliation, et vous ne voulez pas la subir ? dit le docteur avec un peu d'ironie.

— Jamais !

— Eh bien, Monsieur, il faudra donc que vous subissiez la charité d'autrui ; votre orgueil s'en arrangera s'il peut. Et là-dessus le

3.

docteur partit, laissant Léon violemmen
irrité, mais sans réplique.

Ah! si ce cœur ulcéré avait voulu reconnaître ses torts! s'il avait voulu prier! s'i
s'était soumis! Mais non, il se consola pa
de faux raisonnements, il s'efforça de conci-
lier les exigences de son amour-propre avec
les conséquences d'une misère dont il ne voulait pas sortir; il évita de rencontrer les charitables dames que le docteur avait intéressées
à la situation de Marie; il ne toucha pas aux
aliments qu'elles apportaient, et, malgré les
prières de sa femme, il se renferma dans sa
fierté opiniâtre, dans son dénûment, pour
pouvoir se dire, quoique sans raison : « Je
ne dois rien à personne! »

Un des premiers soins des protectrices de
M. et de Mme Firmin avait été de leur faire
échanger l'appartement coûteux qu'ils occu-
paient, contre une petite chambre modeste,
mais propre. Le loyer avait été payé d'avance;
une nourriture plus abondante et plus sub-
stantielle était fournie à Mme Firmin. Cependant le docteur, après un mois, ayant exa-

miné de nouveau Marie, déclara, et cette fois
d'une manière péremptoire, qu'il fallait à
Mme Firmin l'air natal, qu'il le lui fallait
absolument, et qu'il voulait la voir partir
avant une semaine.

— Vous l'accompagnerez, Monsieur, dit-il
à Léon, en tempérant par la douceur de son
regard ce que cette injonction avait de trop
impérieux ; vous l'accompagnerez pour deux
raisons : la première, que vous aussi vous
êtes souffrant, et que quelques mois de privations vous amèneraient au point où se
trouve Mme Firmin ; la seconde, qu'il est de
votre devoir (et vous me permettrez d'insister
là-dessus), qu'il est de votre devoir de veiller
sur votre femme malade, durant un voyage
de 200 lieues, et de pourvoir à sa subsistance
lorsqu'elle sera de retour chez elle.

— Impossible ! Monsieur, répondit Léon
à voix basse mais résolue : mon devoir...
je n'ai pas à en rendre compte aux hommes,
et ma santé... ma santé ne regarde que
moi...

Il serait inutile de raconter cette discussion. D'un côté, c'était une charité un peu rude ; de l'autre, un orgueil opiniâtre. Le docteur disait que le véritable honneur consiste à ne pas laisser sa femme mourir de faim, et à soutenir, par le travail de ses mains, la famille que Dieu nous a donnée. Léon répondait que cette philosophie (comme il appelait le bon sens du docteur), que cette philosophie, sublime tant qu'il ne s'agit que de raisonner, devient de la bassesse une fois qu'on la met en pratique ; qu'il est des actes qui dégradent l'homme aux yeux de ses semblables, et ces actes, dans la pensée de l'insensé, ces actes consistaient à retourner humilié dans le village que l'on quitta fier ; à bêcher la terre, à planter des choux, devant ceux qui jadis vous avaient vu presque *Monsieur !* Oh ! folie de l'orgueil !

On pressent les angoisses de Marie ; celles de Léon étaient d'autant plus cruelles qu'il en savait la source, et que cette source, il ne voulait pas la tarir.

Que de fois la nuit, lorsque Marie s'écriait en pleurant qu'elle ne pouvait abandonner

son Léon bien-aimé, que de fois le cœur de
celui-ci ne s'était-il pas comme brisé ! Que
de fois, à la voix secrète qui lui répétait :
pars, *pars*, ne s'était-il pas senti presque
vaincu ! Hélas ! son intraitable orgueil, un
moment dompté, se relevait dans toute sa
force, et Léon restait profondément malheureux, mais inflexible.

Enfin, Mme Firmin, sollicitée par le
docteur, comprenant que sa santé était nécessaire et à son enfant et à son mari,
Mme Firmin prit définitivement la résolution
de quitter Paris. Il fallait de l'argent, des
vêtements ; encore ici l'inépuisable bonté du
docteur fit face à tant de besoins. A force de
recherches, il trouva quelques personnes qui
se cotisèrent pour retirer du Mont-de-Piété
les effets de première nécessité, tandis que
l'une d'elles, fort riche, fournit à elle seule
la somme considérable qu'exigeaient les frais
du voyage.

La pensée de laisser Léon sur le pavé de
Paris navrait Marie, tandis que l'espérance
de revoir sa mère, de reprendre bientôt son

enfant, la faisaient par moment tressaillir de joie. Elle semblait même renaître depuis que son voyage était décidé. Léon le remarquait parfois avec une tristesse mêlée d'amertume, et Marie éprouvait alors de grandes luttes intérieures.

Cependant la veille du départ arriva, le docteur apporta la somme nécessaire, fit ses adieux à Marie, promit à Léon de lui chercher quelque occupation, et les deux époux restèrent seuls.

CHAPITRE VI.

TENTATION, FAIBLESSE.

La soirée était froide, les giboulées de mars avaient glacé l'atmosphère, la neige venait de temps en temps fouetter les vitres de la chambrette où Léon et Marie silencieux, assis l'un près de l'autre, passaient ensemble les heures qui précédaient la séparation. Léon, de plus en plus accablé, cachait sa tête dans ses deux mains, et les sanglots qui s'échappaient de la poitrine de Marie témoignaient de sa vive affliction.

Cela dura longtemps; puis Léon, relevant la tête et montrant alors sa figure pâle, amaigrie, ses yeux rougis par les larmes, dit presque bas et sans oser regarder sa femme :

— Tu vas donc me quitter, Marie.

Un gros soupir lui répondit seul.

— Tu m'abandonnes, je vais rester seul. Oh ! que je suis malheureux !

Après un instant de silence : — Le soir, reprit-il comme se parlant à lui-même, le soir, quand je rentrerai dans cette chambre, je ne trouverai plus mon amie, je n'entendrai plus cette voix qui me consolait. La misère, la fatigue, la faim, le froid, la maladie, tout cela, je n'aurai personne qui m'aide à le supporter, plus personne !

— Léon, s'écria Marie fondant en larmes et se jetant à son cou, Léon, Léon, aie pitié de moi, ne parle pas ainsi..... Mon Dieu, faut-il donc tant souffrir !

Mais Léon, qui avait beaucoup de force pour résister aux conseils de la sagesse, n'en avait point pour résister aux mouvements de ses passions ; il ne pouvait pas plus supporter la pensée de voir s'éloigner Marie qu'il aimait en égoïste, qu'il ne pouvait aborder l'idée de la suivre ; aussi, sans vouloir comprendre tout ce qu'il y avait de coupable dans cet abandon à sa douleur, dans cet appel à la tendresse, à la faiblesse de Mme Firmin, il poursuivit.

— Si tu avais voulu, Marie... Mais non, c'est impossible, il faut aller jusqu'au bout... il faudra peut-être mourir loin de toi...

— Léon, par grâce ! interrompit Marie presque sans voix.

Léon reprit après un moment de réflexion :

— Pourtant si tu l'avais voulu, Marie, nous aurions pu ne pas nous quitter.

— Si je le veux ! s'écria la pauvre femme en joignant les mains.

— A présent que te voilà mieux portante, un peu d'air pur, un peu de bonne nourriture auraient achevé ta guérison ; il y a un mois, le docteur ne demandait pas autre chose. J'espère obtenir dans peu un emploi ; il y a huit jours qu'on m'a parlé d'une entreprise qui se forme et pour laquelle on cherche des agents intelligents et probes ; si tu avais pu attendre...

— Attendre, dit Marie, mais comment vivre en attendant ? et puis comment justifier ce retard ? Le docteur se fâchera, il ne voudra plus s'occuper de nous, mes protectrices auront droit de s'étonner de ma conduite, elles la trouveront indélicate...

— Quinze jours sont bien vite écoulés, s'écria Léon ; qui saura que tu les as passés ici, près de moi ?... Si tu consentais à ma proposition, nous abandonnerions ce logement qui est triste, où tu as froid, où tu es éloignée des promenades ; nous louerions une jolie petite chambre sur le boulevard Monceaux, tu irais t'asseoir au soleil, tantôt dans le parc, tantôt dans les Champs-Elysées, et si au bout de quinze jours mon espoir ne se réalisait pas, si je restais sans travail... eh bien !... tu me quitterais, Marie. Au moins nous ne nous séparerions qu'à la dernière extrémité ; au moins nous saurions si ta santé est aussi gravement atteinte que le prétend le docteur ; au moins nous ne mettrions pas 200 lieues entre nous, avant d'être convaincus par notre propre

expérience de la nécessité d'une telle séparation.

— Mais où trouver de l'argent pour nous
loger, pour nous nourrir, demanda Marie
ébranlée?

— De l'argent ! il n'en faut pas beaucoup.
Vois-tu, je travaille de temps en temps, tu
as les provisions de bouche que t'ont fait
remettre tes protectrices, 15 fr. que t'a donnés
le docteur pour le mois de la nourrice (qui
patientera bien quelques jours), puis, à la
dernière extrémité, tes hardes et ton linge.

— Léon, cela n'est pas bien. En détour-
nant ces secours de leur véritable destina-
tion, nous tromperions les braves gens qui
nous ont tendu la main.

— Les tromper ! s'écria Léon, en quoi,
Marie, en quoi ? Si nous entamions la somme
qu'ils nous ont confiée pour subvenir aux
frais de ton voyage, oui, on pourrait, on de-
vrait nous blâmer, j'en conviens ; mais 15
malheureux francs que je regagnerai sans
même obtenir l'emploi en question, mais des
hardes, qui au fond t'appartiennent, qu'on t'a

rendues pour te les donner, je pense, et non
pour te les prêter ; mais des provisions qu'on
t'a remises pour ton usage particulier et que
tu es bien la maîtresse de partager avec ton
mari ; quel rapport cela a-t-il avec un *dépôt*
auquel on ne peut toucher sans indélicatesse ?

Marie branla la tête comme quelqu'un qui
n'est pas pleinement convaincu, mais qui
voudrait l'être.

— En vérité, on a bien de la peine à te
faire comprendre les choses les plus simples,
mon enfant !... Qu'est-ce que je te demande ?... Est-ce de renoncer à ton voyage,
est-ce d'abuser des bontés du docteur ? non,
rien que d'attendre, rien que de ne pas tout
abandonner au moment où nous allons tout
conquérir. La raison, le bon sens nous con-
seillent une telle conduite ; le docteur lui-
même nous la prescrirait... s'il était un peu
moins obstiné...

— Pourquoi ne pas lui en parler ?...

— A lui, prévenu comme il l'est contre
moi, contre mon *ambition*, contre mon *opiniâtreté !*

— Que faire, que faire ? dit Marie en joignant les mains, mais sans élever son cœur à Dieu par une prière directe et précise.

— Marie, ma bien-aimée Marie, écoute-moi ; cède une dernière fois ; si tu dois me quitter, vois-tu, tu seras heureuse de penser que tu m'as causé cette grande joie, que tu n'as pas durement refusé cette dernière grâce à ton pauvre Léon. Si nous ne devions plus nous revoir !...

Marie mit sa main sur la bouche de Léon et l'empêcha d'achever. Elle ne résistait plus ; ces sombres pensées, cette figure si habituellement altérée par le mécontentement et maintenant éclairée par l'espérance, l'idolâtrie qu'elle avait pour son mari, tout cela réussit à triompher de sa conscience ; elle serra Léon contre son cœur, lui promit d'attendre quinze jours, vingt s'il le fallait ; Léon protesta qu'il ne le permettrait pas ; Marie parla encore de ses scrupules, Léon les fit taire ; on se jura de ne toucher sous aucun prétexte à la somme destinée au voyage ; on se promit de la rendre fidèlement dès que

4

Léon serait entré dans son futur emploi ; on
pleura de joie , on se demanda pardon des
torts passés, on prit d'excellentes résolutions,
et l'on fut plus heureux que jamais de se
retrouver ensemble. Il y avait une année au
moins que Marie n'avait vu son mari aussi
tendre, aussi expansif ; c'était tout-à-fait le
Léon d'autrefois.

Le lendemain, M. Firmin sortit de bonne
heure avec Marie ; il la conduisit boulevard
Monceaux, dans une chambrette qu'il savait
être à louer ; puis il revint, prit ses effets, fit
transporter par un homme de peine ses meubles, qui n'étaient pas nombreux, et dit au
portier que, *maintenant seul ,* il se trouvait
au large et changeait de logement ; le loyer
était payé, le départ eut lieu sans difficulté.
Le portier demanda la nouvelle adresse de
Léon. Je vous l'apporterai demain, répondit
celui-ci d'un air affairé ; et certain d'échapper désormais à toute recherche, il rejoignit
gaîment sa femme dans la petite chambre du
boulevard Monceaux.

Marie avait souffert de ces mensonges ; mais

à mesure que nous nous éloignons de Dieu,
la voix de notre conscience s'affaiblit ; celle
de Marie ne parlait plus que tout bas. —
Promène-toi, mange et dors, disait Léon à
sa femme, puis laisse-moi faire, c'est à moi
qu'il appartient de te soigner maintenant. En
effet, le pauvre garçon se donnait une peine
extrême ; il se mettait en quête de travail,
apportait un soir dix sous, le lendemain vingt,
quelquefois rien, mais toujours de l'espérance, toujours de la gaîté, toujours du courage. Son caractère semblait transformé.

Marie se sentait mal à l'aise ; ce qui lui
pesait, ce n'était pas son dévoûment envers
Léon, c'était l'abus de confiance dont elle
s'était rendue coupable.

Les jours passaient ; le quinzième avait
fui, sans que ni le mari ni la femme eussent
osé prononcer le mot de départ ; seulement
la bourse était vide, Marie devenait sérieuse
et Léon reprenait son humeur inégale, lorsqu'un soir il rentra rayonnant, et faisant sauter son chapeau en l'air :

— Je l'ai ! cria-t-il, je l'ai !

— L'emploi ? demande Marie tremblante.

— L'emploi, répète triomphalement Léon : travail modéré, 1,200 fr. d'appointements, et, dans un mois, paiement du premier quartier !

— Mais d'ici-là ? dit Marie.

— D'ici-là, d'ici-là, petite raisonneuse ; commence donc par te réjouir !... Eh ! d'ici-là... nous emprunterons au dépôt, et puis, le quartier une fois payé, vous mettrez votre plus belle robe, Mme Firmin, vous prendrez ces 100 francs, vous les plierez dans une feuille de papier blanc, vous les porterez au docteur, et vous lui direz : M. le Docteur, voici votre argent, et, de plus, me voici, moi, fraîche, bien portante, heureuse et dans l'aisance, malgré vos lugubres prévisions.

— Oh ! je ne lui dirai pas cela, s'écria Marie en riant. Mais ce dépôt !...

— Mais, mais, mais, interrompit Léon en faisant pirouetter Marie, y aura-t-il donc toujours des *mais ?* Vous ai-je donc si mal dirigée ? regrettez-vous de n'être pas partie ! Voyons, m'obéira-t-on une fois, aura-t-on une fois de la confiance !...

Marie essaya comme toujours quelques ob-
jections ; comme toujours Léon lui prouva
qu'elles ne signifiaient rien. Marie, au lieu
de fuir la tentation, se mit à raisonner avec
elle, et la tentation, ainsi qu'il arrive lorsqu'on
l'écoute, même sous le prétexte de la confon-
dre, la tentation fut la plus forte.

CHAPITRE VII.

CHATIMENT.

Je suis sûr que l'assurance de Léon étonne le lecteur. Je n'ai qu'un mot à lui répondre, et ce mot est une question : A quoi lui ont servi ses expériences, quand le Saint-Esprit ne les expliquait pas à son âme ?... De quelles chutes l'ont préservé ses principes de morale, quand ces principes n'étaient pas fertilisés par une vivante piété ?

Le lecteur se scandaliserait-il de la faiblesse de Marie ?... Un mot encore. Ne sait-il pas que le tentateur nous connaît mieux que nous ne nous connaissons nous-mêmes ? Ne sait-il pas que, lorsque le démon veut nous perdre,

il se garde de nous présenter le péché sous
une forme hideuse ou effrayante, mais qu'il
le déguise avec coquetterie, de telle sorte que,
rendu méconnaissable, le mal puisse nous
séduire sans provoquer les cris de notre conscience? C'est ainsi qu'il s'y était pris avec
Marie. La proposition grossièrement ou hâti-
vement faite d'entamer un dépôt sacré aurait
épouvanté Mme Firmin, aurait scandalisé
Léon; un emprunt, avec la presque certitude
du remboursement, parut à celui-ci la chose
la plus simple du monde, n'excita chez celle-
là que des scrupules bientôt étouffés.

Mais je ne veux pas moraliser, je ne veux
que raconter, et je reviens à mon histoire.

Un grand mois s'écoula. M. et Mme Firmin
vivaient avec une stricte économie. Marie travaillait peu. S'efforçant avant tout de recou-
vrer la santé, elle suivait le régime que lui
avait prescrit Léon et s'en trouvait bien,
quoique, à vrai dire, aux yeux d'un observa-
teur attentif, son visage eût paru plutôt bouffi
qu'arrondi par l'embonpoint, et que ses vives
couleurs, auxquelles succédait par moments

une pâleur blafarde, eussent semblé plutôt un signe de maladie, qu'un présage de retour au bien-être.

Léon, absent tout le jour, arrivait le soir harassé. Son emploi consistait à chercher le placement des produits d'une industrie nouvelle, industrie dont l'utilité, presque la réalité, était équivoque. Ce métier froissait souvent son amour-propre. Il fallait prôner sans mesure la marchandise, trouver des acheteurs et des actionnaires à force d'indiscrétion, redoubler de prévenances envers qui vous congédiait brusquement, obséder par des offres opiniâtres qui vous avait vingt fois refusé : c'était une rude et triste école. L'âme, la santé de Léon souffraient ; Marie, qui s'en apercevait, n'osait lui communiquer ses inquiétudes, mais elle en avait de cruelles. Quelquefois les deux époux lisaient les saintes Ecritures ensemble. Lorsque Mme Firmin consentit à différer son départ, Léon lui promit de consacrer chaque matin quelques instants à cette douce occupation. Hélas ! il en avait été de cette résolution comme de tant

d'autres ; le travail, les prétendues impossi-
bilités s'étaient opposés à ce que l'habitude
devînt régulière, mais de temps à autre on
s'agenouillait, on ouvrait le volume sacré, et
bien que Léon écoutât souvent des oreilles
plutôt que du cœur, quelques bons résultats
naissaient pourtant de ces méditations.

La correspondance entre Sauveterre et Paris n'était pas active, loin de là ; deux ou
trois lettres de Charles avaient appris à Marie
l'affaiblissement de la santé de leur mère, son
mariage à lui, les embarras momentanés que
lui causaient les frais de son établissement.
Marie, de son côté, n'écrivait que lorsque
Léon le lui permettait, et Léon ne le lui permettait que dans les rares moments où, grâce
à des espérances nouvelles, il se croyait en
passe de faire fortune. Alors pas un mot des
revers, des souffrances (Léon le défendait),
mais la pompeuse description de l'aisance
dont on jouissait et des promesses que faisait
l'avenir.

Le mois fini, Léon réclama son premier
quartier. L'un des directeurs de l'entreprise

lui répondit, d'un ton poli, que les règlements
récemment modifiés fixaient le paiement des
émoluments de tous les employés à la fin du
trimestre. La consternation se peignit sur les
traits de M. Firmin ; ce retard ne lui inspirait pas encore des craintes sur la sûreté du
remboursement, mais d'ici à deux mois, que
devenir ? Les 100 francs du dépôt étaient
presque totalement dépensés, et la nourrice,
que M. Firmin avait seule informée de son
changement d'adresse, écrivait lettres sur lettres, afin d'obtenir l'argent qui lui était dû.

— Au reste, Monsieur, reprit le direc-
teur qui, se méprenant sur la tristesse de
Léon, crut deviner chez lui une méfiance
fatale au succès de la soi-disant industrie
qu'il exploitait ; au reste, Monsieur, qu'à
cela ne tienne ; si par hasard vous éprouviez
quelque gêne momentanée, ce qui peut arriver à tout le monde, quelque inquiétude sur
la sûreté du paiement... voici 50 fr. en
avance sur votre trimestre ; ne parlez pas de
cette petite infraction à la règle, nous arran-
gerons cela plus tard.

Grand fut le désappointement de Marie,
lorsqu'elle vit revenir Léon sans la somme
qu'elle attendait. Sa belle robe était déjà éta-
lée sur le lit, le papier blanc dans lequel on
devait plier les 100 fr. du docteur n'attendait
plus que le rouleau d'écus, et Marie avait déjà
préparé son petit discours au médecin ; il
fallut rentrer la robe, remettre la feuille de
papier dans le tiroir, et laisser le discours
dans la mémoire.

Malgré cette ignorance du monde qu'aimait tant à lui reprocher Léon, et qu'elle
déplorait avec humilité, Mme Firmin comprit
que ce refus de paiement cachait quelque
chose de louche ; la modification des règlements ne la rassura pas, et l'à-compte même,
que Léon fit valoir avec son éloquence accoutumée, l'à-compte ne parvint point à calmer
ses inquiétudes. On résolut d'envoyer 20 fr.
a la nourrice, puis Marie, sans mot dire,
souffrante, intérieurement tourmentée, se
mit de nouveau à chercher de l'ouvrage, en
trouva, non sans peine, et commença à travailler au-delà de ses forces. Léon s'en aper-

cevait, s'en attristait, mais comment s'y opposer ?

Longtemps le but unique de Marie fut celui-ci : rendre la somme, la rendre sans qu'il y manquât un centime. Cette dette oppressait son cœur ; tant qu'elle avait compté sur le paiement de Léon, elle s'était tranquillisée ; mais à cette heure que des doutes sérieux arrivaient à son esprit, elle ne pouvait plus supporter la pensée d'un emprunt que dans son âme elle appelait de son véritable nom : un *vol*. Privation de sommeil, parfois de nourriture, rien ne lui coûtait pour réparer (aux yeux des hommes du moins) cette faute déshonorante. Hélas ! elle n'y parvenait point ; si d'un côté son travail lui rapportait quelques sous, de l'autre, Léon usait des souliers, des vêtements ; il fallait remplacer les uns et les autres ; un rhume violent dont il souffrait depuis deux mois exigeait quelques remèdes, et le trou, au lieu de se boucher, s'agrandissait chaque jour.

M. Firmin, qui d'abord ne cessait de rassurer la craintive Marie, peu à peu

avait moins souvent parlé de sa confiance
en la compagnie qui l'employait, puis n'en
avait plus parlé du tout. Il n'exprimait aucun
doute, mais l'inquiétude le dévorait, et les
efforts mêmes qu'il faisait pour cacher sa tristesse révélaient mieux ses tourments intérieurs que ne l'eussent fait des plaintes. Marie
ne l'interrogeait plus ; elle prévoyait quelque
grande épreuve et s'y préparait de son mieux.
Cette épreuve l'atteignit. Depuis plusieurs
jours Léon, silencieux, abattu, se conten-
tait, en revenant, d'embrasser Marie sans
prononcer un seul mot ; la nuit, elle l'enten-
dait soupirer, et une fois qu'elle avait passé
la main sur les yeux de son mari, elle les
avait sentis mouillés de pleurs ; en vain
l'avait-elle supplié de lui ouvrir son âme, il
s'y était obstinément refusé. Ce matin-là, au
lieu de partir comme à l'ordinaire, Léon
s'assit sur une chaise.

— Tu ne vas pas à tes affaires, demanda
Marie.

— Je souffre.

Le cœur de Marie alors déborda.

— Oui, mon ami, tu souffres, s'écria-
t-elle en prenant les deux mains de son mari,
mais tu souffres surtout de me faire un
secret de tes chagrins, tu souffres dans ton
âme, encore plus que dans ton pauvre corps.
Oh! Léon, Léon, dis-moi tout; si mon
intelligence bornée ne peut t'être d'aucun
secours, mon cœur est là, Léon; mon
amour ne te manquera pas. Dis-moi tout,
nous pleurerons ensemble, nous prierons
ensemble; va, je te consolerai, je serai
forte; Dieu nous entendra...

Léon, les yeux baissés, accablé de tristesse, ne répondit pas.

— A-t-on encore différé ton paiement?
reprit Marie, eh bien! je travaillerai!...
L'entreprise?...

— L'entreprise est coulée, la compagnie
est dissoute, et nous sommes sans pain, dit
Léon à voix basse.

Ces mots glacèrent Marie; elle s'attendait,
il est vrai, à un désastre, mais tout-à-coup,
le voir si complet!... Par un secret élan

elle demanda de la force au Seigneur, puis elle reprit d'une voix calme :

— Mon ami, je le pressentais...

Alors, avec cette tendresse, avec cette délicatesse que communique la charité chrétienne, elle s'efforça de soulager le cœur du malheureux Léon. C'était d'expansion et de force qu'il avait besoin ; d'expansion, car ces douleurs longtemps contenues rongeaient son cœur ; de force, car ce dernier coup avait fait crouler toutes ses espérances.

Ah ! ils n'étaient plus là, ces jours où, au travers des déceptions, Léon voyait resplendir un brillant avenir. Ils n'étaient plus là, ces jours dont le lendemain devait lui amener la fortune ! Non, cette dernière expérience, la maladie qui le minait sourdement, plus encore que tout cela, sa conscience, sa conscience réveillée par les avertissements de Dieu, par le malheur dans lequel il avait plongé Marie : voilà la tempête qui soufflait sur l'édifice de ses illusions, qui en semait çà et là les débris. Comme il arrive aux natures emportées, orgueilleuses, Léon n'était

sorti des rêves obstinés de sa folle ambition,
que pour tomber dans un découragement
absolu.

Pas un reproche ne s'échappa des lèvres de
Marie, elle n'eut pour son mari que des
paroles d'affection et de foi ; on eût dit que
la même épreuve qui écrasait Léon lui donnait à elle de nouvelles forces. C'est qu'en
tombant chez lui, ce feu du ciel avait con-
sumé toutes les vanités dont son âme était
remplie, et qu'elles consumées, rien ne restait si ce n'est son amour pour Marie ; c'est
qu'en tombant dans le cœur de celle-ci, la
foi céleste avait comme fécondé les vérités
chrétiennes qui y reposaient, et, maintenant
vivifiées, elles brillaient d'un éclat plus pur,
elles régénéraient tous ses sentiments natu-
rels.

Après quelques encouragements, Marie
alla chercher sa Bible ; elle lut à Léon ces
magnifiques paroles : *Quoi que vous de-
mandiez en mon nom, je le ferai, afin que
le Père soit glorifié par le Fils. Si vous
demandez en mon nom quelque chose, je le*

*ferai. Je ne vous laisserai point orphelins,
je viendrai vers vous* (1). Elle lui fit entendre celles-ci, les plus touchantes que puisse
inspirer le plus tendre amour : *Ne vend-
on pas deux passereaux pour un sou? Et
cependant aucun d'eux ne tombe à terre
sans la volonté de notre Père! et les cheveux même de votre tête sont tous comptés.
Ne craignez donc point; vous valez mieux
que beaucoup de passereaux* (2). Elle lui
montra dans le prophète Ezéchiel celles-là,
si émouvantes, comme expression de la charité divine, si frappantes, comme expression de la haine du Seigneur contre les cœurs
hautains : *Moi-même je paîtrai mes bre-
bis et les ferai reposer, dit le Seigneur
l'Eternel. Je rechercherai celle qui sera per-
due, et je ramènerai celle qui sera chassée;
je banderai la plaie de celle qui aura la
jambe rompue, et je fortifierai celle qui
sera malade; mais je détruirai la grasse et*

(1) Jean, XIV, 13, 14, 18.
(2) Matth., X, 29-31.

la forte!.... (1) Elle lui adressa ce pressant appel de Jésus : *Venez à moi vous tous qui êtes fatigués et chargés, et je vous soulagerai* (2).

— Ces promesses ne me regardent pas, murmurait Léon, je ne suis pas un enfant de Dieu.

Alors Marie, priant à haute voix, suppliait le Saint-Esprit de convaincre Léon ; puis elle se réjouissait de ce qu'il sentait son péché, elle s'efforçait de lui prouver que cela déjà était un pas en avant ; mais le pauvre Léon, obstiné dans le découragement comme il l'avait été dans l'orgueil, fermait son cœur et restait sous la malédiction de Dieu, juste juge des pécheurs, au lieu de se jeter dans les bras de Dieu, père des miséricordes.

Il fallait prendre un parti cependant. Léon ne raisonnait plus ; il ne voulait pas travailler, il parlait de se laisser mourir de faim, il se livrait à toutes les divagations

(1) Ezéch., XXXIV, 15, 16.
(2) Matth., XI, 28.

d'un esprit en désordre. Marie s'efforça de ranimer son énergie ; elle fit le compte de leurs ressources ; quelques écus restaient au fond du sac ; elle assura qu'elle était mieux portante, qu'elle était forte, que le travail achèverait de la guérir, qu'il ferait du bien à Léon ; elle le pria de se mettre à la recherche d'occupations sédentaires, telles que des copies, et, à force de supplications, de paroles chrétiennes, elle parvint à le fortifier un peu.

L'ouvrage que fournissait à Marie la couturière dont nous avons parlé plus haut, n'avait rien de régulier et ne suffisait pas à remplir les journées de celle-ci ; Marie résolut d'employer ses loisirs à confectionner de petits objets, tels que layettes, bonnets, etc., qu'elle irait vendre d'hôtels en hôtels. Elle espérait que la couturière l'adresserait à quelques-unes des dames qui se fournissaient chez elle, et, disait-elle, voilà une corde de plus à notre arc.

Léon courut partout, importuna chacun, évitant avec grand soin, toutefois, de s'adres-

ser aux amis du docteur ou au docteur lui-
même; finalement il trouva un greffier qui,
ayant un excédant d'affaires sur les bras, lui
donna quelques rôles à copier à 5 centimes la
page. Mais ce greffier demeurait vers le Pa-
lais-de-Justice; pour aller du Palais-de-Jus-
tice au boulevard Monceaux, le pauvre Léon,
qui ne franchissait plus comme autrefois les
distances, mettait à peu près deux heures; il
fallut déménager encore, quitter le soleil, le
bon air, le gracieux chant des oiseaux, et
s'établir dans une triste, sombre, sale maison située près du Palais, où l'on prit une
chambre plus triste, plus sombre, plus ché-
tive que ne se l'était jusque-là représenté
l'imagination de Marie.

Léon se désolait; il n'allait pas encore jusqu'à maudire ses illusions, car, s'il n'y
croyait plus, son orgueil lui en faisait respecter jusqu'aux derniers vestiges; mais il
déplorait la tendresse égoïste qui l'avait follement poussé à retenir Marie. Celle-ci le
consolait de son mieux; puis, avec cet art
qu'ont les femmes bien élevées, elle parve-

nait à donner un air d'ordre, d'élégance, presque de gaîté, au sombre réduit qu'ils habitaient.

Le travail de Léon, celui de Marie, ne fournissaient pas à leur subsistance; de nouveau le Mont-de-Piété avait vu revenir des draps, des vêtements qui à d'autres époques y avaient séjourné déjà, mais qui cette fois n'en devaient plus sortir. On ne mangeait tout juste que ce qu'il fallait pour ne pas souffrir trop cruellement de la faim ; l'automne s'avançait, les premiers froids se faisaient sentir, et l'on se persuadait qu'il y avait encore assez de chaleur dans l'air, pour qu'il ne fût pas nécessaire d'allumer le poêle.

On nous accusera d'exagération peut-être ; pourtant, si douloureuses, si extrêmes que nous les peignions, les souffrances du pauvre ménage resteront toujours au-dessous de la réalité, de la réalité telle que nous l'avons vue, et pour ainsi dire touchée de nos doigts.

Il y avait des jours où Léon attendait du

matin au soir un peu de travail, où il ne pouvait obtenir des rôles à copier que pour deux, que pour trois sous. Il y avait des jours (et ceux-là étaient nombreux), où Marie, après avoir couru six heures, parfois sept heures, se présentant à la porte des hôtels pour vendre ses petits ouvrages, ici renvoyée à demain, là refusée, rentrait chez elle sans un centime. D'autres fois, lorsqu'elle rapportait à la couturière un travail terminé à grand'peine, il se trouvait que Madame était sortie sans donner l'ordre de payer Marie, et celle-ci, qui n'osait insister, revenait le cœur gros, les yeux gonflés de larmes, sans les vingt sous sur lesquels elle comptait pour acheter un peu de pain, des haricots ou des pommes de terre. Ces soirs-là, on ne mangeait pas. L'estomac épuisé par un jeûne de presque toute la journée, par des courses, par un travail forcé, on se couchait pour tromper la faim. Léon se frappait du poing dans le front; Marie, avant de gagner son lit, allait chercher la Bible, lisait un chapitre, quelqu'un de ces beaux psaumes où le roi David raconte ses douleurs, où il exprime en même temps une inébranlable confiance en *son rocher ;* puis on s'endormait, et le lendemain on recommençait : Léon l'âme plus abattue, Marie le cœur fortifié par la bonne Parole du Seigneur, tous deux affaiblis de corps et souffrants.

Le malheur de ces infortunés n'était pourtant pas à son comble. Bientôt le greffier, qui fournissait quelques copies à Léon, put suffire lui-même à sa besogne, et le lui annonça. Peu de temps après, la couturière congédia plusieurs de ses ouvrières faute d'ouvrage, mais conserva par pitié quelque travail à Marie, tout en lui disant que cela ne durerait pas. En effet, cela ne dura pas. Marie alors demanda de l'ouvrage dans plusieurs magasins. Partout même réponse : « Nous ne pouvons suffire aux prières qui nous sont adressées.» Enfin un marchand lui proposa de coudre des gilets à 8 sous et des pantalons à 6.

— Un gilet, coudre un gilet pour 8 sous,

un pantalon pour 6, s'écria Marie, mais c'est impossible !

— D'autres le feront, le feront en fournissant le fil, répondit le marchand.

Et frémissant à la pensée de voir cette dernière ressource lui échapper, Marie prit l'ouvrage aux conditions proposées. Il lui fallait un jour, un jour de quinze heures, pour confectionner deux gilets !

Léon, s'il avait perdu toute énergie morale, n'avait pas perdu toute tendresse, tout honneur : le Seigneur lui donnait de rudes, mais de salutaires leçons. Il ne put supporter de voir Marie se tuer pour le nourrir, lui qui restait oisif ; il étouffa l'amour-propre qui grondait au fond de son cœur, et, sans mot dire, enfonçant son chapeau sur ses yeux, il se dirigea vers les fortifications.

Quel retour il aurait pu faire sur lui-même, quelles réflexions, s'il s'était rappelé le conseil du docteur, et l'indignation de son orgueil révolté !... Il s'en souvint ; mais, hélas ! ce souvenir réveilla plus encore sa vanité que ses remords ; un moment même il fut sur le point de rebrousser chemin, mais : « Qu'importe, se dit-il, on ne me connaît pas, on ne saura jamais que je me suis abaissé jusque-là! » Et il poursuivit sa route.

Il arriva, demanda l'entrepreneur : on le fit entrer dans la cabane en bois de charpente qu'occupait celui-ci.

— Que voulez-vous?

— De l'ouvrage, balbutia Léon en rougissant jusqu'au blanc des yeux.

D'un regard l'entrepreneur parcourut ce visage maigre, ce corps usé par la maladie.

— Impossible, Monsieur, répondit-il d'un ton bref; vous n'êtes en état ni de manier la pelle, ni de traîner la brouette... D'ailleurs, il faut des outils, et vous n'en avez pas.

Léon pâlit, dévora l'humiliation de ce refus, et s'éloigna sans ajouter un mot.

« C'est égal, allons jusqu'au bout! » pensa-t-il avec amertume. Et le lendemain il se rendit successivement dans les bureaux des deux chemins de fer qui aboutissent à Paris. Là, comme la veille, on l'examina, et,

4.

sous un prétexte ou sous l'autre, on le renvoya. La patience de Léon n'y tint pas. Il
revint dans un violent état d'exaspération.
Marie, avec sa douceur, réussit à le calmer.
Elle avait ignoré ses démarches, la contrainte qu'il s'était imposé la toucha profondément.

— Vois-tu, disait-elle en pleurant à Léon,
vois-tu, mon ami, Dieu t'aime : il a déjà
rompu quelques-uns de ces liens d'orgueil qui
t'enchaînaient. Laisse-le faire, mon bien-
aimé; il veut ton âme, il saura bien la convaincre, il saura bien te forcer à l'aimer.

Et Léon s'apaisait insensiblement; il écoutait les prières, les réflexions de Marie; il
commençait à la respecter autant qu'il la
chérissait.

L'hiver arriva; M. et Mme Firmin ne pos-
sédaient plus les vêtements nécessaires pour
se garantir contre le froid. Depuis longtemps,
quand on mangeait, on ne mangeait que du
pain et des haricots bouillis, puis un peu de
lait le matin. Les souffrances de la maladie
se joignaient à celles, inouïes déjà, de la

pauvreté. Marie ne pouvait coudre de suite : de temps en temps elle se jetait sur son lit afin d'y reprendre un peu de force, et ce n'était qu'après un moment de repos qu'elle se remettait à l'ouvrage.

Une toux continuelle, une voix altérée, une effrayante maigreur et la coloration foncée des joues, à laquelle succédait une pâleur mortelle, indiquaient chez Léon une grave perturbation intérieure.

La chambrette qu'on avait rarement la force de nettoyer, les ustensiles qui diminuaient chaque jour, tout portait les traces de la misère; la poussière, le désordre, la saleté s'établissaient l'un après l'autre dans ce triste réduit.

Marie avait intercédé auprès de son mari, afin d'obtenir de lui la permission d'écrire la vérité à Mme Mandar; Léon sur ce point était inflexible. Si nous avons réussi à rendre fidèlement son caractère, cela n'étonnera personne.

— Non, disait-il, je ne veux pas que tu inquiètes ta mère, elle est malade, tu la tue-

rais.... Quant à Charles, que peut-il pour
nous? Ne t'a-t-il pas parlé de ses embarras
d'argent ?...

— Il emprunterait.

— Emprunter pour nous soutenir à Paris?
il ne le fera pas. Emprunter pour nous obli-
ger à revenir, pour nous payer notre voyage...
il s'y résoudrait peut-être, mais non pas moi.
Revenir, revenir avec l'argent des voisins...
non, Marie, non, jamais... j'aime mieux
mourir.

Reste le docteur, dira-t-on. Pourquoi ne
pas aller à lui, pourquoi ne pas lui tout
avouer? Sur ce point l'opposition était plus
forte, elle était invincible, et si Marie éprouvait le besoin d'implorer le pardon du médecin, Léon, lui, déclarait que le jour où Marie
irait chez le docteur, où le docteur entrerait
dans leur réduit, il s'enfuirait pour ne plus
revenir.

Ni Marie, ni Léon, d'ailleurs, ne se dou-
taient de la gravité de leur état, ils espéraient
guérir, et ils attendaient, soutenus par un
reste d'espoir.

Pourtant il fallait manger ; n'ayant plus rien à mettre en gage, on vendit les reconnaissances (1) du Mont-de-Piété qu'on possédait ; les quelques francs qu'on en tira n'allèrent pas loin. Alors Léon, jadis si rebelle aux humiliations, dut se soumettre à l'une des plus cruelles ; sans pain, sans bois, sans vêtements, il écrivit des suppliques dans lesquelles il peignit sa lamentable situation : il les adressa aux personnes dont le nom lui était parvenu accompagné d'une réputation de bienfaisance ou de richesse, et il les porta lui-même. Que de tortures eut à subir son orgueil! Ici, on lui donnait une pièce de vingt sous ; plus loin, le prenant pour un de ces mille aventuriers qui exploitent la charité à Paris, on lui exprimait une défiance blessante ; le plus souvent on le renvoyait sans vouloir ni ouvrir ses lettres ni l'entendre.

(1) Billets au moyen desquels on peut retirer les effets déposés, en rendant la somme empruntée sur eux.

Quelques personnes compatissantes allèrent visiter son réduit, et trouvant la réalité conforme à ce que leur en écrivait Léon, elles lui envoyèrent à plusieurs reprises des aliments, du bois, un peu d'argent. Encouragé par leurs bontés, Léon leur adressa habituellement ses requêtes; mais il arriva ce qui arrive habituellement aussi dans une ville comme Paris, où chacun est assailli de demandes, où les moyens si grands qu'ils soient ont des bornes : les uns se lassèrent de donner, les autres, voyant que les prières se renouvelaient à chaque instant, donnèrent moins; et ces ressources, à l'aide desquelles le pauvre ménage avait atteint le milieu de février, ces ressources, les dernières, l'abandonnèrent, elles aussi.

On ne sait pas quelles douleurs amènent aux indigents chacun de ces tristes jours où ils sont obligés de tout attendre de la bonté, parfois, hélas! des caprices d'un riche; chacun de ces tristes jours où l'existence, la vie de ce qu'ils aiment le mieux au monde, est comme suspendue à la volonté d'un étranger, d'un indifférent !... On ne sait pas ce que c'est que de ne plus rencontrer que des visages dédaigneux, des visages fatigués de vous, des visages irrités : celui du boulanger las d'attendre, du propriétaire qui menace de vous chasser, du protecteur même auquel vous devenez à charge !

Marie trouvait d'immenses consolations dans la prière et dans la méditation. Dieu lui avait fait de grandes grâces ; il lui avait montré son péché, mais il lui avait en même temps montré l'amour de Jésus, et Marie, prosternée aux pieds de son Rédempteur, portait, soutenue par Christ, le fardeau de ses douleurs, de sa pauvreté, mais non plus celui de ses fautes, qu'elle avait déposé devant la croix. Souvent elle pleurait de joie à la pensée de la miséricorde de son Dieu, de cette bonne Providence qui ne devait jamais l'abandonner. Elle lisait régulièrement les saintes Ecritures avec Léon ; il n'osait plus prétexter de ses occupations ; s'il n'ajoutait rien aux réflexions de sa femme, il les écoutait du moins, et une fois Marie l'a-

vait surpris ouvrant lui-même la Bible,
lisant avec une profonde attention. Oh!
comme son cœur s'était alors réjoui, comme
elle avait remercié Dieu, comme elle avait
admiré ses voies, comme elle avait compris
que la douleur est bonne à l'homme, avec
quelle ardeur elle avait demandé pour son
cher Léon, les bénédictions, toutes les bénédictions du Saint-Esprit!

La maladie s'aggravait; Marie ne quittait
plus son grabat que pour quelques heures;
il vint un jour où elle ne put pas se lever,
et le soir de ce jour, ni Léon, ni Marie n'a-
vaient mangé. La pauvre femme disait qu'elle
n'avait pas faim. Hélas! elle l'avait dit souvent, mais cette fois c'était vrai. Léon accablé, assis près de son lit, tenait les deux
mains froides de sa femme et restait immobile; mais quand il vit que la fièvre, fièvre
d'inanition, succédait à la faiblesse, que la
tête de Marie s'exaltait, que ses paroles de-
venaient précipitées, incohérentes, il n'y
tint plus; hors de lui, il quitta la chambre
en s'écriant : « Il faut qu'elle mange, il le

faut! » Il se trouva dans la rue, sans savoir
où il prendrait de la nourriture. Volerait-
il?... cette idée le fit frissonner. S'expose-
rait-il aux refus du marchand voisin, son
créancier? il ne le pouvait, cet homme lui
avait défendu de se présenter chez lui sans
argent. Que faire... elle succombe sous le
besoin!... Alors Léon prit une résolution désespérée. « Mendie! » se dit-il, en enfonçant
sa main sous son habit déchiré comme pour
comprimer les dernières révoltes de son
cœur, « mendie, orgueilleux, mendie ! » et
marchant au travers des rues, il arriva dans
une place éclairée, où, sans avoir la conscience de ce qu'il faisait, il suivit un homme
dont la toilette annonçait l'élégance, puis
murmura tout bas derrière lui : « Monsieur,
ma femme meurt de faim... ayez pitié de
moi, donnez-moi quelque chose... je vous en
prie! » Le monsieur se retourna : « Vous
mourez de faim? demanda-t-il avec un demi-
sourire. Eh! mon ami! c'est de soif qu'il faudrait dire peut-être ! » Mais le réverbère
éclairait en ce moment la pâle figure de

Léon, et une si horrible souffrance s'y pei-
gnait, que le monsieur balbutia : « pardon, »
fouilla dans sa poche, en tira une pièce de
vingt sous et la remit à Léon. « Du bouillon, du bouillon ! » s'écria celui-ci, sans
songer à remercier. Dans le trouble de son
âme, il s'était beaucoup écarté de sa pauvre
demeure ; il y rentra, portant avec précau-
tion une tasse de bouillon.

« Léon ! dit Marie en le voyant, tu m'avais
abandonnée ! » Ses yeux brillaient d'un éclat ef-
frayant ; puis, apercevant la tasse : « A manger ! » s'écria-t-elle avec une expression de joie
qui déchira son mari. « Oh ! j'ai faim, j'ai
faim, donne-moi donc à manger... vite ! » Elle
saisit la tasse que Léon soutenait ; mais après
quelques efforts, elle retomba sur son oreiller,
en murmurant faiblement : « Je ne peux
pas, mon ami... cela s'arrête là... »

Léon n'avait plus la force de parler. Par
moments l'excitation de Marie redoublait ;
alors c'étaient tantôt des prières ferventes,
tantôt des mots sans suite ; par moments la
faiblesse surmontait la fièvre, et Marie,

épuisée, restait immobile, la tête rejetée en
arrière sur son oreiller; mais quand, dans
ses rêveries, elle parlait de sa mère; lorsque, se croyant de retour à Sauveterre, elle
s'adressait à chacun des membres de sa famille, que de sa voix douce elle disait à
Léon : « Vois-tu, mon ami, combien nous
sommes heureux, combien Dieu nous a
bénis! Vois-tu notre jolie chambre, vois-tu
notre petite fille, comme elle a l'air content;
elle comprend qu'elle est chez elle!... » oh !
Léon à ces mots sentait son cœur se briser.
« Malheureux! disait-il, c'est toi qui l'as
tuée, c'est toi ! » Il tombait à genoux, frappait de son front les froids carreaux, puis se
relevant comme un désespéré : « Mais n'y
aura-t-il pas, s'écria-t-il, n'y aura-t-il pas
une âme assez compatissante pour nous arracher à la mort? »

Dans cet instant, le souvenir de la lettre
que lui avait remise le pieux M. Dubois,
revint tout-à-coup à sa mémoire. Il regarda
cette idée comme un signe de la pitié de
Dieu, et c'en était un en effet.

Cette lettre si méprisée, cette lettre que jadis il ne voulait pas porter à son adresse, cette lettre devenait maintenant son unique espoir. « Oh ! où est-elle ? balbutia-t-il en la cherchant ; j'irai ; les personnes auxquelles me recommandait M. Dubois sont charitables, elles sont chrétiennes ; je leur dirai : Venez, sauvez-la, sauvez-moi ! Je leur raconterai mes fautes, j'accepterai leurs remontrances, je me soumettrai à tout ; elles seront miséricordieuses. Oh ! oui, elles le seront ; elles soigneront ce pauvre ange, elles le rendront à la santé, elles lui feront revoir sa mère ! » A cette pensée, une dernière convulsion d'amour-propre agita le cœur de Léon ; mais, avec la grâce de Dieu, il refoula ce mouvement, et répéta d'une voix plus forte : « Oui, elles lui feront revoir sa mère ! et moi aussi je retournerai à Sauveterre... ne fût-ce que pour y servir d'exemple à tous les orgueilleux qui abandonnent la simple carrière que Dieu leur a faite, pour courir après les fantômes de leur ambition ! »

Cette lettre si désirée, Léon la trouva; il la trouva au fond d'un petit carton plein de vieux papiers. Il la tint un instant pressée contre lui, puis il l'éleva dans ses deux mains comme pour remercier le Seigneur, comme pour le prendre à témoin de ses résolutions.

La nuit était avancée, et le lendemain seulement Léon put quitter Marie, un peu plus calme, pour aller frapper à la porte des amis de M. Dubois.

CHAPITRE VIII.

CATASTROPHE.

A peine M. et Mme Germont eurent-ils lu cette lettre, à peine eurent-ils entendu le récit que Léon leur faisait d'une voix entre-coupée, qu'ils comprirent tout, comme si, pendant ces deux années, ils avaient suivi M. et Mme Firmin au travers de leurs illusions et de leurs déboires.

Ce n'était pas la première fois que des existences ainsi perdues par l'ambition et l'amour-propre se déroulaient devant eux. Depuis longtemps ils connaissaient tous les chapitres de ces lamentables histoires, que chaque année leur ramenait avec des circonstances à peu près pareilles, avec une fin presque toujours la même.

M. et Mme Germont, bien que dans l'aisance, étaient obligés de poser des limites à leurs œuvres de charité. Beaucoup d'indigents vivaient soutenus par leurs aumônes, et tout en promettant à Léon leur protection, ils lui firent comprendre que, si cette protection pouvait l'arracher momentanément aux dernières horreurs de la misère, elle ne pouvait pas l'arracher complètement à cette misère elle-même. En même temps M. et Mme Germont firent goûter à Léon les consolations du christianisme le plus affectueux, ils prièrent avec lui, et ne le laissèrent partir qu'après lui avoir remis tout ce qui était propre à soulager Marie.

Dès le jour même Mme Germont alla voir les malheureux époux. Elle avait souvent visité la demeure du pauvre, mais rarement une maison aussi triste, aussi sale, aussi mal habitée, s'était présentée à ses yeux. On y entrait par un corridor noir où l'air manquait, où des ordures se montraient à cha-

que pas, et qui aboutissait à un escalier plus
sombre, plus fétide encore ; les marches en
étaient dégradées, pourries pour mieux dire ;
de petites portes donnaient sur chaque pa-
lier, et lorsqu'elles s'ouvraient, le regard se
détournait avec dégoût du spectacle de désordre et de pauvreté qui s'offrait à lui.

Mme Germont parvint au cinquième
étage ; elle entra dans le taudis qu'habitaient M. et Mme Firmin ; le poêle dans lequel brûlait le bois qu'elle avait envoyé le
matin, remplissait la chambre d'une fumée
épaisse ; une fenêtre, pratiquée dans le pla-
fond, laissait tomber quelques rayons de lu-
mière au milieu de cette atmosphère opaque ;
une chaise, une commode vermoulue, un
mauvais grabat sur le bord duquel était assise Marie à peine vêtue, voilà tout l'ameu-
blement de ce lieu de souffrances.

— Ah ! Madame, vous êtes un ange con-
solateur ! s'écria Marie encore agitée par la
fièvre. Vous riche, vous vous abaissez à entrer dans ce réduit infect !

Cet étonnement du pauvre, lorsqu'il re-

çoit une marque de bienveillance de la part
des gens fortunés, affligeait toujours Mme
Germont; il lui semblait être ce qu'il est en
effet : un sanglant reproche contre l'égoïsme
des heureux de la terre. Si le riche faisait
son devoir, s'il visitait la veuve et l'orphelin, ainsi que l'ordonne l'Evangile, son appa-
rition dans l'habitation des malheureux ex-
citerait la reconnaissance de ces derniers,
sans doute, mais elle ne les surprendrait
plus.

Mme Germont se plaça près de Marie;
elle écouta son histoire où pas un mot de
reproche contre Léon ne trouva place; puis,
suivant sa coutume, elle ouvrit la Parole de
Dieu, lut quelques versets et les expliqua à
voix haute. Oh! comme ces bonnes exhortations, comme cette prière, comme ces pas-
sages de la sainte Ecriture consolèrent, for-
tifièrent Marie. Tout cela descendait sur son
pauvre cœur ainsi qu'une rosée rafraîchis-
sante. Avoir trouvé des amis, des amis
chrétiens, quelle grâce, quel signe de l'a-
mour du Sauveur! Aussi Marie le remer-

ciait-elle avec ardeur ; elle éprouvait un
bonheur immense à ouvrir son âme ; elle
avait besoin de parler de ses fautes, de la
grâce de Jésus, de la confiance qu'elle mettait en ce Christ mort sur la croix pour
elle; on voyait que le Saint-Esprit faisait son
œuvre bénie dans ce cœur, et l'exaltation de
la fièvre prêtait une nouvelle vivacité à ces
expressions.

Léon écoutait silencieusement. De grands
combats se livraient en lui ; tantôt il criait
avec sa conscience ; « Je suis un pécheur.! »
et il éprouvait une forte envie de trouver,
de connaître, lui aussi, le Sauveur des
hommes; tantôt des bouffées d'orgueil mon-
taient dans son âme et obscurcissaient pour
lui la vue de son état de misère morale,
celle de la toute-puissante grâce de Dieu.

Mme Germont promit de revenir. Elle revint en effet. Tout allait tristement. Le mal
de Mme Firmin avait fait des progrès immenses, et Marie, faible, crachant le sang, demeurait immobile, assise ou plutôt affaissée
sur une petite chaise près du poêle.

— Oh! Madame, s'écria-t-elle en voyant
Mme Germont, tirez-nous de Paris, faites-
nous partir, Léon y consent ; et si nous tar-
dons, je crois que nous mourrons ici — (la
pauvre femme ne pensait pas dire si vrai).

— Madame, reprit-elle après un accès de
toux, j'ai besoin de revoir ma mère... ma
pauvre, ma bonne mère! C'est elle, Madame, ce sont ses soins si tendres qui me
rendront la santé... Mme Germont ne put
retenir un profond soupir. — Si Dieu le veut,
ajouta Marie avec un sourire plein d'angéli-
que résignation. — Mais ma mère... voyez-
vous, Madame, ma mère priera si ardem-
ment le Seigneur, qu'il l'exaucera peut-être...
Ma mère me pardonnera, ma mère m'ouvrira ses bras ; oh! que je revoie son visage,
que j'entende sa voix, que je respire l'air de
mon pays!... Et l'infortunée Marie retomba
épuisée sans pouvoir achever.

Léon, dès les premières paroles, avait
baissé la tête ; il la releva : — Oui, Madame,
— et la contraction de ses traits montrait
assez quelle violence il se faisait à lui-même.

— Oui, ayez pitié de nous; faites-nous l'aumône de ce retour auprès de sa mère... Je
suis un misérable, Madame; c'est moi qui ai tué
ma femme; je l'ai tuée par mon ambition...
Elle travaillait, elle me nourrissait, elle passait parfois les nuits, elle ne mangeait pas,
de peur de diminuer ma portion, et moi...
moi je l'ai forcée à rester ici, à y rester
souffrante, sans pain, sans ouvrage, dans
les larmes!... Il n'y a point de pardon pour
un tel crime.

Mme Germont allait parler, mais Marie
ne lui en laissa pas le temps.

— Point de pardon, Léon! oh! ne blas-
phème pas! Le Seigneur n'est-il pas venu
chercher ce qui était perdu? Est-il mort
pour les justes ou pour les injustes? A-t-il
demandé autre chose aux hommes que de
croire en Lui? Léon, oublies-tu le brigand
sur la croix, oublies-tu la réponse que lui
fit Jésus?... — Madame, ajouta-t-elle en se
tournant vers Mme Germont, ne le croyez
pas, je suis aussi coupable que lui; comme
lui j'ai été séduite par la vanité, je l'ai en-

traîné moi-même. Oui, Léon, nous sommes tous deux pécheurs, nous étions tous deux perdus, mais tous deux nous sommes grâciés, tous deux nous serons sanctifiés, tous deux, mon bien-aimé Léon, nous aurons part à la gloire éternelle.

Après quelques instants de conversation, de lecture et de prière, Mme Germont annonça qu'elle amènerait un médecin, et que, s'il le permettait, le voyage se ferait.

— Ne tardez pas, reprit Marie, nous sommes bien faibles. Avant-hier, le soleil brillait, et nous, le cœur réjoui par votre visite, nous essayâmes d'aller jusqu'au marché aux fleurs pour respirer un air pur ; nous espérions que la vue de ces belles plantes, que ces parfums si doux nous égaieraient ; il y a dix minutes d'ici à la place du marché ; eh bien, Madame, nous avons mis *une heure* pour revenir. Nous pouvions à peine nous traîner ; Léon me donnait le bras, mais je le soutenais plus qu'il ne me prêtait d'appui ; de temps en temps nous étions obligés de nous appuyer contre un mur. Oh! que le secours d'une main robuste et jeune nous aurait fait de plaisir! Hélas! Madame! il en passait des jeunes gens, on nous regardait, on s'arrêtait même pour voir comment nous nous tirerions d'affaire, mais personne n'a offert de nous soutenir. Léon pleurait et dévorait ses larmes, moi je priais le Seigneur de nous tendre ses bras; il l'a fait, Madame, car nous avons pu remonter ici... mais cette épreuve nous a brisés.

Le médecin vint dans la journée; il examina les malades, secoua la tête, et dit en secret à Mme Germont que tous deux étaient atteints d'une mortelle affection de poitrine. Il ne pouvait préciser à quel degré se trouvait le mal, mais ce dont il était certain, c'est que si M. et Mme Firmin ne partaient pas dans cinq ou six jours, au plus tard, le voyage deviendrait impossible.

On se hâta, on retint des places à la diligence, on fit des préparatifs de départ que la pauvreté des voyageurs rendait courts, et la veille du jour où le pauvre ménage de-

vait quitter Paris, Mme Germont vint s'assu-
rer que tout était en règle.

Elle frappe; au lieu des pas de Léon,
elle entend un faible : « entrez. » Elle ouvre la porte, personne debout; ses regards
se portent vers le grabat, les deux époux y
étaient couchés.

— Cela va donc plus mal... vous ne
pouvez donc partir! s'écria-t-elle avec douleur.

— Chère Madame, répondit Marie de sa
douce voix, nous sommes plus faibles, voilà
tout. Hier, Léon, qui descend tous les ma-
tins pour chercher notre lait, n'a pu remonter seul ; voyant qu'il tardait plus qu'à l'ordinaire, j'ai prié une voisine d'aller à son
secours ; elle l'a fait, mais elle m'a dit que
c'était pour la dernière fois, qu'elle ne pouvait perdre son temps à mon service, et que
si je voulais qu'elle allât prendre mon lait en
bas, je devais lui donner un sou chaque
jour... C'est trop cher pour nous; ce matin
encore Léon a essayé de descendre; il était
à peine au bas de la seconde rampe qu'une

défaillance l'a saisi; il ne remontait pas, je me suis traînée jusqu'à lui, nous sommes revenus à grand'peine, nous avons senti le frisson, et nous voilà.

Mme Germont comprit toute la gravité de la situation; elle sentit qu'on ne pouvait pas abandonner ces pauvres êtres à eux-mêmes. Une dame de ses amies se joignit à elle pour subvenir aux dépenses qu'exigeait l'état de plus en plus alarmant de M. et de Mme Firmin; on établit auprès d'eux une garde-malade pieuse qui veillait pendant la nuit, tandis que la femme de chambre de Mme Germont, jeune personne dont le cœur était ouvert aux vérités de l'Evangile, les soignait durant le jour, préparait les remèdes, faisait leur lit, nettoyait leur misérable chambre.

Ah! quelle reconnaissance remplissait alors le cœur de Marie, comme ces soins touchaient Léon! Quand Mlle Elise balayait ce pauvre taudis, affrontait la saleté, la vermine, hélas! dont il était infesté; lorsque, soulevant doucement la tête des malades, elle leur présentait à boire; lorsque, les sou-

tenant dans ses bras, elle arrangeait leur
couche de douleur ; oh ! alors, Marie la suivait d'un œil humide des larmes de la gratitude, et Léon parfois serrait cette main bien-
faisante en disant un *merci* qui émouvait
profondément l'humble servante de Christ.

M. et Mme Firmin parlaient constamment
de leur voyage ; ils ne s'apercevaient pas que
chaque jour en éloignait la possibilité.
Mme Firmin, chez laquelle l'amour du Sauveur faisait de rapides progrès, cessa peu à
peu de s'attacher à l'idée de revoir prochainement sa famille. Elise n'entretint aucune
illusion chez elle ; dès que le danger lui parut imminent, elle s'efforça de diriger les
pensées des malades vers cette vie éternelle,
où *toutes larmes seront essuyées* des yeux
des rachetés. Marie la comprit ; elle parlait
beaucoup de son enfant, beaucoup de sa
mère, peu du retour. Léon, au contraire,
se cramponnait à cet espoir avec une sorte
d'opiniâtreté ; on eût dit que la réunion de
Marie à sa famille dût le décharger de son
péché. Il écoutait les prières d'Elise, il écou-

tait celles de Marie, ses citations des saintes Ecritures, les douces exhortations qu'elle lui adressait; mais ces mots : « *Tu partiras, nous irons, je te ramènerai,* » revenaient sans cesse sur ses lèvres. Pauvre Léon, nul ne pourra décrire les angoisses de son cœur; la vérité y pénétrait en partie; il sentait que le mal était grave, que sa Marie lui échapperait peut-être; et tout ce qu'elle avait souffert, ses veilles, sa faim, sa patience, tout se représentait à lui si vivant, si horrible, que parfois des larmes inondaient son visage. Alors la douce main de Marie venait chercher les siennes; avec sa voix consolante, elle lui récitait quelques beaux versets des Psaumes, et du fond de son âme à lui, de son âme déchirée, mais pas encore soumise, s'élevait pourtant une prière, une prière fervente : « *Mon Dieu, aie pitié de moi, qui suis pécheur.* »

Le médecin, depuis deux jours, avait ôté tout espoir à Mme Germont.

Un dimanche matin, Elise vint remplacer la garde; Marie l'appela : — Je me sens mal...

plus mal, dit-elle, priez... mais avant,
écoutez... Je vous recommande ma fille...
et puis... j'ai un poids sur le cœur... je vou-
drais voir le docteur N*** et lui demander
pardon... vous irez... vous lui direz qu'une
pauvre mourante...

— Mourante! cria Léon, non, Dieu ne
peut pas... Dieu... — Marie le regarda, il se
tut; elle n'avait presque plus la force de
parler. — Mon ami... reprit-elle avec peine,
Dieu est mon Sauveur... le tien... le tien,
aussi, Léon. Puis elle retomba sur l'oreiller. Elise priait silencieusement. — A haute
voix! murmura Marie. Elise obéit; elle
recommanda ces âmes précieuses à Jésus,
à Jésus, *seul chemin, seule vérité, seule
vie*; elle demanda au Saint-Esprit, à ce *Con-
solateur* promis, de les soutenir dans le
dernier combat... Un soupir se fit entendre... Marie n'était plus. Ses mains restaient jointes; son visage paraissait calme
comme celui d'un ange; un sourire de
bonheur semblait avoir entr'ouvert ses lèvres..... — Vous vous arrêtez, balbutia

Léon, en regardant Elise avec une sorte d'effroi. Elle ne put répondre ; il se tourna vers Marie, prit ses mains, la contempla sans parole, comme égaré, puis il se cacha la tête sous les couvertures, et l'on n'entendit plus que des sanglots convulsifs.

Oh ! misère ! là, côte à côte, sur la même couche, l'une expirée, l'autre près de rendre le dernier soupir !

Deux heures s'écoulèrent avant qu'on pût trouver un lit pour déposer ce pauvre corps, deux heures pendant lesquelles il demeura près de Léon désespéré.

C'était là le grand coup qui devait briser la dureté de son cœur. Quand il vit cette immobilité, ce sourire ; quand il appela sa douce Marie et qu'elle ne lui répondit plus, ses remords, qui l'avaient déchiré, mais non pas humilié jusqu'au fond de l'âme, ses remords le jetèrent presque sans vie au pied de la croix. Il n'avait pas encore la force de regarder au Sauveur, mais Elise et Mme Germont ne cessèrent d'appeler le Seigneur à son aide, jusqu'à ce qu'Il l'eût pris dans ses bras.

Tous les préparatifs se firent sous les yeux de Léon. Pas un voisin n'eût voulu prêter un petit coin de son appartement pour y déposer les restes de Marie; d'ailleurs, ils n'y eussent peut-être pas été entourés du respect qu'on leur devait. Deux jours ce corps demeura dans la même chambre, puis on apporta le cercueil, et Léon, avec des larmes qui inondaient ses joues enflammées par la fièvre, vit partir la mortelle dépouille de sa compagne bien-aimée.

Son état empirait rapidement. Elise redoublait de soins, de prières; par moments on eût dit que Léon saisissait les promesses de Jésus; par moments, qu'il les laissait échapper. Dans son délire, il demandait sa fille, le vivant souvenir de sa Marie..., puis il croyait guérir et s'informait de la place où reposait sa compagne.

Sur ces entrefaites, la nourrice de la petite Firmin, qui depuis si longtemps ne recevait plus de paiement, arrivait à Paris, et, à force de recherches, parvenait à trouver la demeure de Léon. C'était à l'instant même où il parlait de son enfant que cette femme entra, portant la pauvre petite. Léon la reçut dans ses bras amaigris; il couvrit ce frais visage de ses baisers. — Vois-tu, disait-il à son enfant effrayée, qui cherchait des yeux la nourrice, vois-tu, nous irons ensemble sur la tombe de ta mère, nous prierons là, je te ramènerai à Sauveterre, je ne t'abandonnerai pas; va, je ne te ferai pas mourir de faim, toi...

Le dernier jour arriva; Léon parut se calmer. Plusieurs fois pendant la nuit il demanda qu'on lui lût les saintes Ecritures et qu'on priât. La garde-malade qui veillait près de lui raconta que ses mains étaient jointes. Vers six heures du matin sa tête s'embarrassa, l'agonie s'empara de lui, et il venait d'expirer lorsqu'Elise entra.

Cette chambre, qui avait vu partir le corps de Marie, vit encore les mêmes scènes, le même départ, *à trois jours de distance.*

M. et Mme Germont assistèrent à la dernière cérémonie. On descendit le cercueil, et

dans la maison, les gens qui, trois jours
auparavant, avaient curieusement regardé
cette bière emportée par deux hommes,
sortirent encore sur le seuil de leurs portes
pour suivre du même regard indifférent le
même solennel spectacle. La curiosité satis-
faite, chacun rentra chez soi ; personne ne
parut comprendre que, dans cet évènement,
il y avait un avertissement pour tous, et que
la mort des habitants de la chambrette était
un message de l'Eternel aux vivants qui restaient dans la maison.

On renvoya la petite Firmin à sa grand'mère.
Nous ne décrirons pas les souffrances morales de Mme Mandar ; *ses cheveux blancs
descendirent avec douleur au sépulcre.*

Quant à la pauvre petite fille, elle ne
survécut que d'une année à ses parents. Mise
au monde par une mère déjà gravement malade, ayant sucé un lait qu'altéraient les
souffrances de celle-ci, elle avait en elle des
germes funestes qui se développèrent vite et
qui l'emportèrent.

FIN.

TABLE DES CHAPITRES

CONTENUS DANS CE VOLUME.

PRÉFACE..   V

CHAPITRE PREMIER.

Illusions, départ..   9

CHAPITRE II.

Paris.   30

CHAPITRE III.

Recherches..   55

CHAPITRE IV.

Rechute..   71

CHAPITRE V.

Misères, secours, résolution..   88

CHAPITRE VI.

Tentation, faiblesse. 103

CHAPITRE VII.

Châtiment. 114

CHAPITRE VIII.

Catastrophe 146

FIN DE LA TABLE.

Toulouse, Imp de A. Chauvin, r. Mirepoix, 3.

www.ingramcontent.com/pod-product-compliance
Lightning Source LLC
Chambersburg PA
CBHW051128260626
47170CB00005B/1713